中国儿童成长必读系列

女孩故事全集

NüHAI GUSHI QUANJI

吉林出版集团 JILIN PUBLISHING GROUP

吉林美术出版社 | 全国百佳图书出版单位

孩子的世界无瑕而纯净，真实得没有一点杂质，他们的泪水欢笑、快乐悲伤，都是那么直接和纯粹。蓝的天、白的云，童年的天空似乎从来没有太阳躲藏起来的时候，孩子们用稚气的双手在属于他们的世界里快乐地涂鸦，所有的幸福和感动都在记忆里闪着光、发着亮。

成长是一个漫长而充满幸福的过程。

所有的孩子都拥有自己的故事，他们慢慢学习成长、学会爱，他们也在别人的故事中学习思考、学会感受。每一个孩子的成长都少不了好故事的陪伴，它们或美好或忧伤，它们就像一条条小溪，在孩子纯净的心灵上缓缓流淌……

《安徒生童话集》是童话大师安徒生献给世界儿童的珍贵礼物，能让孩子们在快乐的阅读过程中，受到教育、得到感动。

序言

《格林童话集》以启迪孩子智慧、净化孩子心灵为宗旨，带领孩子们一同进入神奇的童话世界。

《365夜故事大王》能让孩子们在阅读中温暖心灵、培养爱心，一年的365天陪伴孩子度过每一个美好的夜晚。

《男孩故事全集》与《女孩故事全集》打开了孩子童年时期的想象之门，让他们能以自信、开朗、勇敢的态度面对生活。

我们真诚地希望这些故事能够为孩子构建一个最美的梦境，让他们在成长的过程中始终能够与美好相伴，相信爱与奇迹，懂得感恩，学会包容，真诚地面对这个世界。

就让这些美好的故事穿越时空，在孩子们的身边娓娓道来，让孩子们静静聆听、用心感受……

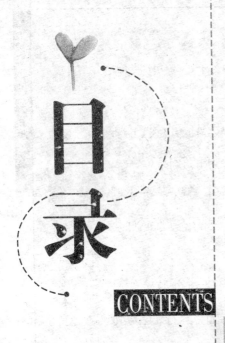

目录

CONTENTS

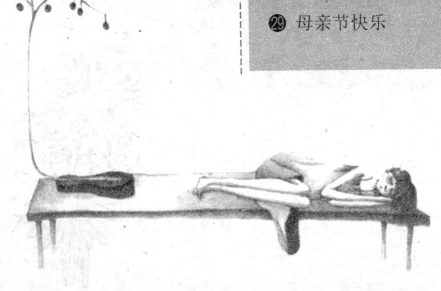

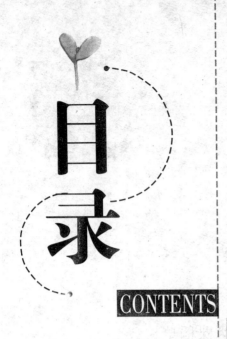

目录

CONTENTS

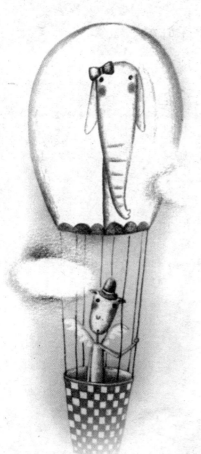

目录

CONTENTS

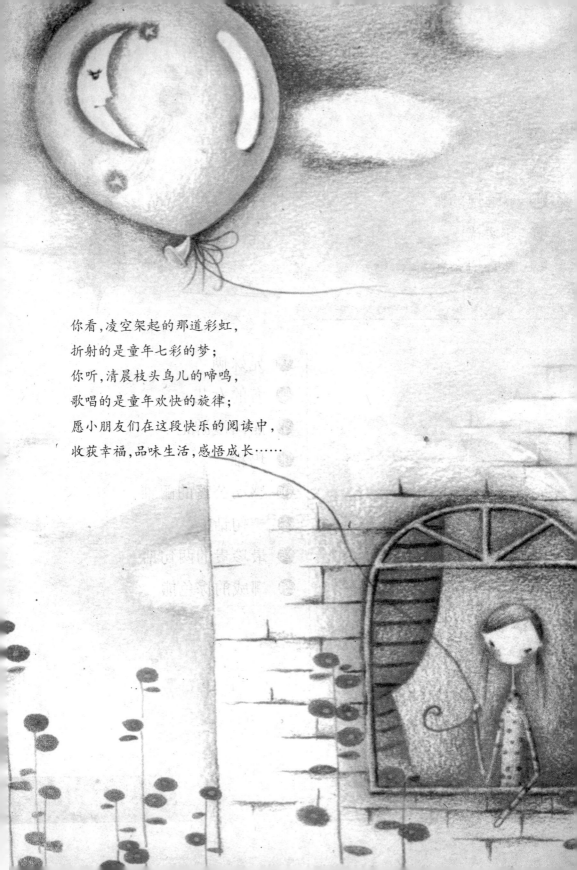

你看，凌空架起的那道彩虹，
折射的是童年七彩的梦；
你听，清晨枝头鸟儿的啼鸣，
歌唱的是童年欢快的旋律；
愿小朋友们在这段快乐的阅读中，
收获幸福，品味生活，感悟成长……

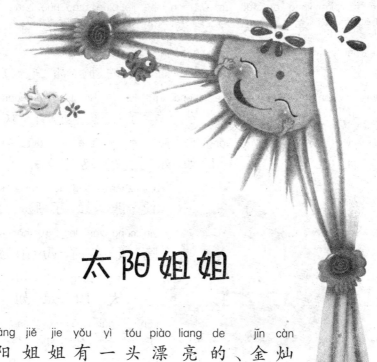

太阳姐姐

太阳姐姐有一头漂亮的、金灿灿的头发。她每天都起得很早，然后把头发散开，慢慢地梳理。等到太阳该升起来的时候，她的头发便梳好了，金灿灿的头发从天上一直拖到地面，把万物都照亮了。

大地在太阳姐姐头发的轻抚中醒来。花儿露出了笑脸，鸟儿在树林里欢唱，小朋友们也都结伴去上学了……太阳姐姐拖

zhe tā piào liang de tóu fa mǎn shì jiè xún zhǎo huǒ bàn kě shì tā
着她漂亮的头发，满世界寻找伙伴，可是她
què méi yǒu zhǎo dào tài yáng jiě jie de liǎn dōu qì bái le dà
却没有找到。太阳姐姐的脸都气白了。大
huǒr jiàn tài yáng jiě jie shēng qì le jiù gèng bù gǎn hé tā yì
伙儿见太阳姐姐生气了，就更不敢和她一
qǐ wánr le tài yáng jiě jie jué de zhè tài diū rén le tā
起玩儿了。太阳姐姐觉得这太丢人了。她
biàn zhàng hóng le liǎn shāng xīn de
便涨红了脸，伤心地
yǐn cáng zài le xī shān hòu miàn
隐藏在了西山后面。
tài yáng jiě jie lèi le yì
太阳姐姐累了一
tiān gāi xiū xi le děng tài
天，该休息了。等太
yáng jiě jie yì huí jiā yuè liang
阳姐姐一回家，月亮
mèi mei jiù lái le tā yǒu hěn duō
妹妹就来了，她有很多

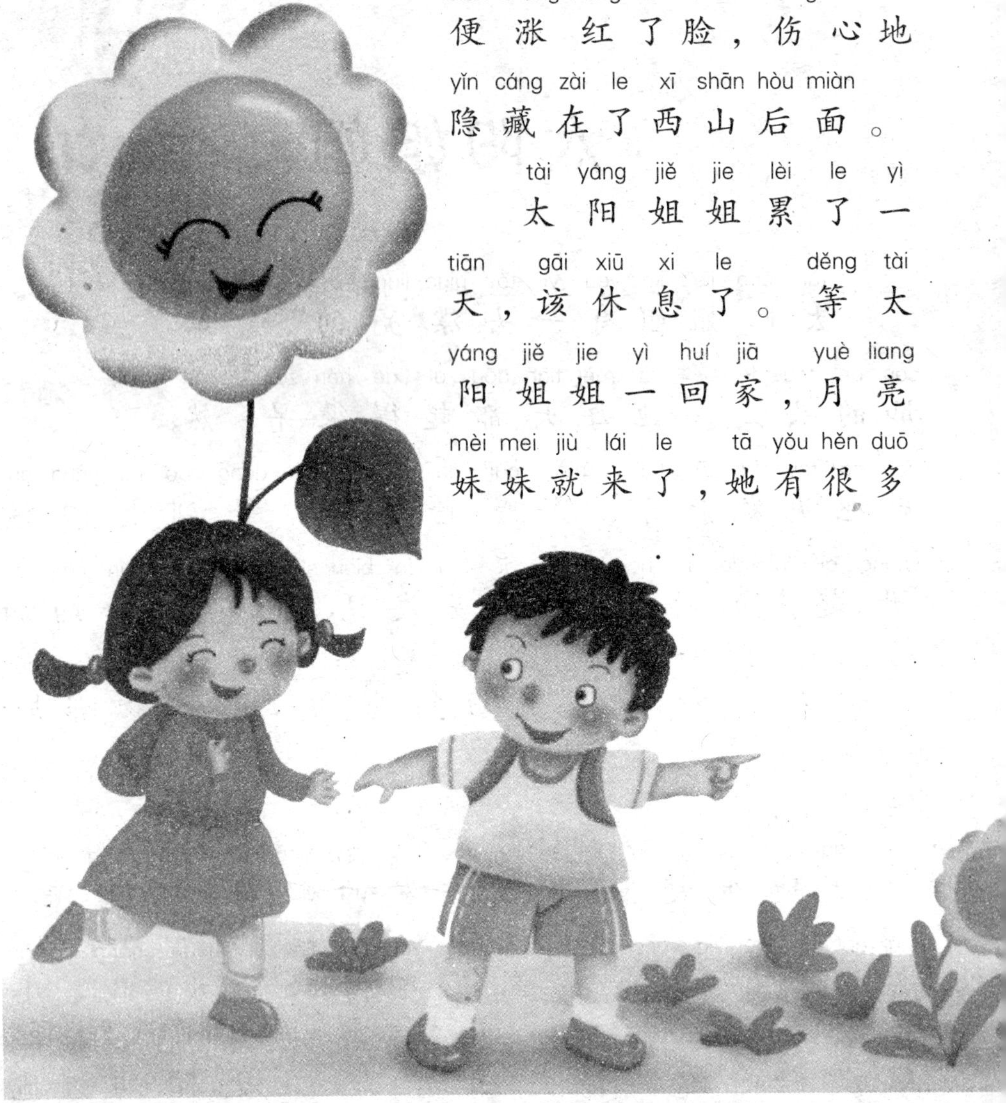

huǒ bàn　　mǎn tiān de xīng xing dōu wéi zhe tā　　tài yáng jiě jie zhè
伙伴，满天的星星都围着她。太阳姐姐这

shí hou kěn dìng shuì zháo le　　tā bù zhī dào tiān shang hái yǒu zhè me
时候肯定睡着了，她不知道天上还有这么

duō huǒ bàn　　fǒu zé tā yí dìng huì zài huí dào tiān shang de
多伙伴，否则她一定会再回到天上的。

成长对话

　　读了这个故事，我们知道月亮妹妹有很多的朋友，而太阳姐姐却很孤单，你知道这是为什么吗？

自立自强的小妹

从前有两姐妹，她们曾经拥有幸福的生活，但是因为父亲长年酗酒，花光了家里的积蓄，妈妈便在绝望中离开了家。从那以后，喝醉的父亲经常打姐妹俩。后来，姐姐受不了，竟一病不起。父亲见自己闯

了大祸，就再也不敢回家了。就这样，家庭的重担就压到了十几岁的小妹身上。

小妹大哭一场后便挑起了生活的

重担，她坚信：自己一定
能养活姐姐，支撑
起这个家。她找到村
头织布厂的老板
娘，向老板娘讲述了
自己的遭遇，请求老板娘
让她在这里打工，老板娘答应了。虽然小
妹只有十几岁，但她干起活儿来很认真，并
且经常主动抢活儿干。厂里的工友们
都很喜欢她。

一下班，小妹就急急忙忙地回家给姐姐
做饭。她用微薄的收入养活自己和姐姐，
买来好吃的，她都让姐姐先吃，姐姐感动得
热泪盈眶。

除夕夜，小妹为姐姐换了新衣服，姐妹俩
在摇曳的烛光下吃年夜饭。虽然没有大鱼

dà ròu　dàn tā men hái shi chī de hěn xiāng　jiě jie shuō le xǔ duō
大肉，但她们还是吃得很香，姐姐说了许多

gǎn jī de huà　xiǎo mèi xiào zhe shuō　jiě jie　yǒu wǒ zài　yí
感激的话，小妹笑着说："姐姐，有我在，一

qiè dōu huì hǎo qǐ lai de　　　shì a　zhè yàng jiān qiáng yǒng gǎn
切都会好起来的……"是啊，这样坚强勇敢

de miàn duì shēng huó　hǎo rì zi hái huì yuǎn ma
地面对生活，好日子还会远吗？

成长对话

　　小妹凭借着自己的力量扛起了家庭的重担，读了这个故事，你能
在小妹身上发现哪些优秀的品质？

高个子芬娜

芬娜的个子在全班是最高的。排队做游戏时，芬娜总是在最后面。有时候，老师还会让芬娜帮忙拿高处的东西，芬娜轻松地就将东西拿到了，她很高兴，因为别人都拿不到。

高个子芬娜生活得很开心，可是突然有一天，她不开心了。原来是调皮的克莱给芬娜起了个外号叫"傻大个儿"。同学们见到芬娜时都

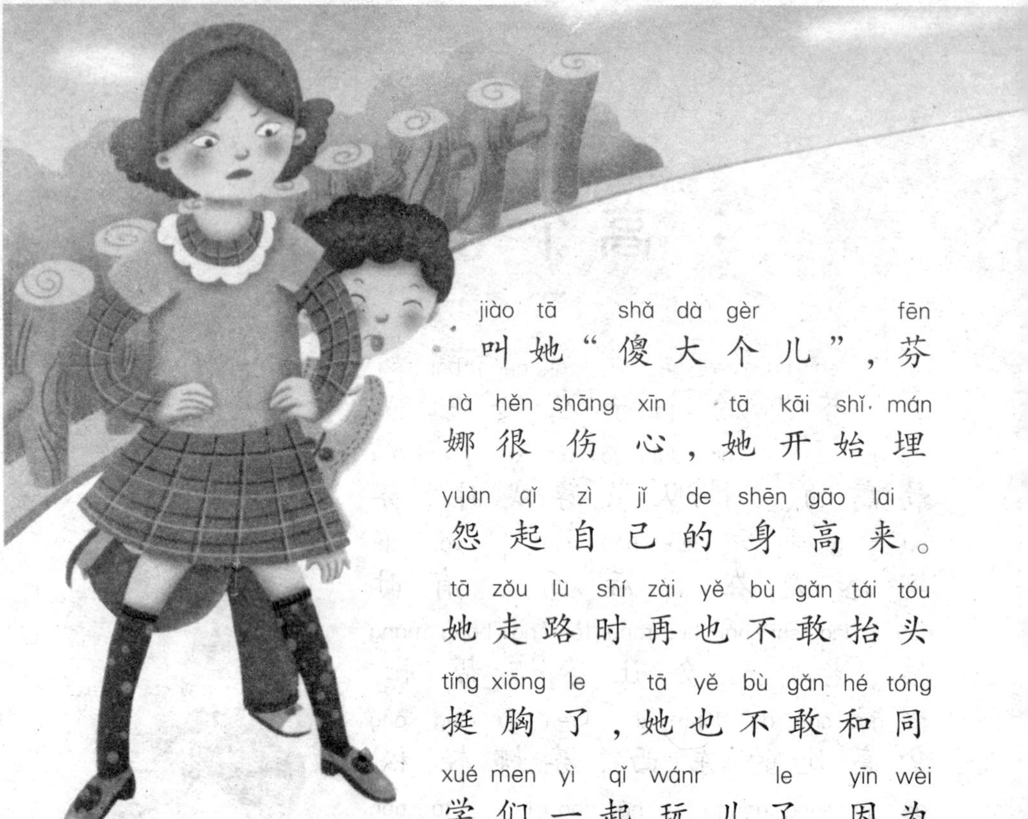

jiào tā shǎ dà gèr fēn
叫她“傻大个儿”，芬
nà hěn shāng xīn tā kāi shǐ mán
娜很伤心，她开始埋
yuàn qǐ zì jǐ de shēn gāo lai
怨起自己的身高来。
tā zǒu lù shí zài yě bù gǎn tái tóu
她走路时再也不敢抬头
tǐng xiōng le tā yě bù gǎn hé tóng
挺胸了，她也不敢和同
xué men yì qǐ wánr le yīn wèi
学们一起玩儿了，因为
tā pà bié ren jiào tā shǎ dà gèr fēn nà yí xià zi biàn
她怕别人叫她“傻大个儿”。芬娜一下子变
de mēn mēn bú lè le
得闷闷不乐了。

yì tiān xià wǔ fàng xué huí jiā fēn nà zì jǐ zǒu zài lù
一天下午放学回家，芬娜自己走在路
shang tū rán tā fā xiàn kè lái xiàng tā zhè biān pǎo lái tā
上。突然，她发现克莱向她这边跑来，她
yǐ wéi kè lái shì lái jī xiào tā de biàn xiǎng pǎo kě shì zǐ xì
以为克莱是来讥笑她的，便想跑。可是仔细
yí kàn yuán lái kè lái zhèng bèi liǎng ge xiǎo nán hái zhuī gǎn ne
一看，原来克莱正被两个小男孩追赶呢。
kè lái pǎo dào fēn nà de shēn biān máng shuō fēn nà nǐ bāng
克莱跑到芬娜的身边，忙说：“芬娜，你帮

wǒ xià hu nà liǎng ge nán hái yí xià ba　tā men qī fu wǒ
我 吓 唬 那 两 个 男 孩 一 下 吧 ，他 们 欺 负 我 。"

nà liǎng ge nán hái jiàn dào fēn nà dōu hěn hài pà　tā men hái yǐ wéi
那 两 个 男 孩 见 到 芬 娜 都 很 害 怕 ，他 们 还 以 为

fēn nà shì ge dà rén ne　yú shì biàn dī zhe tóu pǎo le
芬 娜 是 个 大 人 呢 ，于 是 便 低 着 头 跑 了 。

cóng nà yǐ hòu　kè lái zài yě bú jiào fēn nà　shǎ dà gèr
从 那 以 后 ，克 莱 再 也 不 叫 芬 娜 "傻 大 个

le　fēn nà yě bú zài wèi zì jǐ gèr　gāo ér nán guò le
儿 "了 ，芬 娜 也 不 再 为 自 己 个 儿 高 而 难 过 了 ，

fēn nà yòu xiàng cóng qián yí yàng kuài lè le
芬 娜 又 像 从 前 一 样 快 乐 了 。

成 长 对 话

　　在生活和学习中，你是否被别人嘲笑过？是否也像芬娜那样为
此感到苦恼？如果你身边也有像芬娜那样的同学，你会怎样对待她？
读过这个故事，你心中有答案了吗？

许愿草

一天，妈妈让小梅去买面包。小梅在回家的路上遇到了一个乞丐，她就把面包给了乞丐。可是没了面包怎么向妈妈解释呢？

小梅正发愁呢，一位老婆婆走了过来，说："小姑娘，我送给你一棵许愿草吧，它能满足你6个愿望。"小梅接过许愿草，便向它要了一个面包。小梅拿着许愿草和面包高兴地回家了。

小梅在路上看到朋友们在玩"森林抓捕游戏"。小梅对着许愿草许了个愿，就立刻来到了大森林里，森林里阴森森的很吓人，她赶紧许了个愿又回

到了小朋友们身边。小梅又向许愿草要
了很多的玩具和小朋友们一起玩儿。玩
儿累了,她又让许愿草将玩具变了回去。

只剩下最后一个愿望了。小朋友中
有一个失明的小姑娘,小梅很同情她,便
对许愿草说:"让她的眼睛好起来
吧!"不一会儿,小姑娘开心地说:

wǒ néng kàn jiàn le   xiè xie nǐ   rán hòu xiǎo méi hé xiǎo péng
"我能看见了！谢谢你！"然后小梅和小朋

yǒu men yì qǐ kāi kāi xīn xīn de huí jiā le
友们一起开开心心地回家了。

成长对话

　　许愿草帮助小梅实现的最后一个愿望是什么？如果你也拥有一棵许愿草，你会怎样使用它呢？

妈妈的春天

丽丽的家虽然清贫，但是很温馨。她有一个勤劳、善良的妈妈。她的妈妈把所有的爱都倾注到了丽丽的身上，所以丽丽感到生活很幸福。

丽丽的学习成绩很好，每次妈妈去接丽丽放学，妈妈的脸上都会洋溢着幸福的微笑。冬天到了，丽丽在放学的时候看见妈妈的脸被风吹得红红的，很心疼，她心想：妈妈的脸一定被冻坏了。于是丽丽决定送给妈

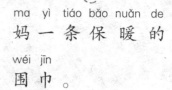

妈一条保暖的围巾。

从那以后丽丽再也舍不得花钱了，她把自己所有的零花钱都装在了储蓄罐里。每天放学回家后，她都把储蓄罐里的钱倒出来数一遍，心里盘算着还缺多少钱。圣诞节快要到了，丽丽的钱终于攒够了，当她手里捧着给妈妈买的红围巾时，心里有种说不出的喜悦。

丽丽回家把红围巾送给了妈妈，并对妈妈说："这是我送给您的圣诞礼物！献给世界上最好的妈妈。"丽丽发现妈妈的眼睛湿润了。当妈妈打开包装盒看到这条红彤彤的围巾时，妈妈流着泪，面带微笑对丽

li shuō　　 xiè xie nǐ　　 nǐ sòng gěi mā ma de shì wēn nuǎn　　 nǐ
丽 说 ：" 谢 谢 你 ， 你 送 给 妈 妈 的 是 温 暖 ， 你

jiù shì mā ma de chūn tiān a
就 是 妈 妈 的 春 天 啊 ！ "

　　丽丽送给了妈妈一件最温暖的礼物——围巾。想想看, 你认为在妈妈心中什么才是最珍贵的礼物呢?

鲜花公主

从前有一位美丽的公主，她一扬左手，左边的地上就会开出一片玫瑰花；她一扬右手，右边的地上就会开出一片百合花；她一张嘴说话，就会吐出美丽的樱花。人们都叫她"鲜花公主"。

鲜花公主的母亲去世后，国王很快就另外娶了一个妻子。继母带来一个女儿，这个女儿长得又黑又丑。一天，国王接到了一封信，是邻国的年轻王子想娶鲜花公主

为妻。王后一听有了主意。她找了个借口便派人把鲜花公主的眼睛挖了出来，然后把

tā gǎn chū le wáng gōng bǎ zì jǐ de nǚ ér jià gěi le nà ge
她赶出了王宫，把自己的女儿嫁给了那个

wáng zǐ
王子。

xiān huā gōng zhǔ yí gè rén zǒu chū le tā de guó jiā dōng tiān
鲜花公主一个人走出了她的国家。冬天

shí xiān huā gōng zhǔ liú làng dào le nà ge dǎ suàn qǔ tā de nián
时，鲜花公主流浪到了那个打算娶她的年

qīng wáng zǐ suǒ zài de guó jiā yǒu ge hǎo xīn rén xiǎng yào bāng
轻王子所在的国家。有个好心人想要帮

zhù tā xiān huā gōng zhǔ jiù yáng qǐ liǎng zhī shǒu dì shang lì kè
助她，鲜花公主就扬起两只手，地上立刻

kāi mǎn le méi gui hé bǎi hé tā ràng
开满了玫瑰和百合，她让

hǎo xīn rén bǎ dì shang de huā sòng gěi
好心人把地上的花送给

zì jǐ de mèi mei zhè yàng xiān huā
自己的妹妹，这样鲜花

gōng zhǔ biàn huàn huí le zì jǐ de yǎn
公主便换回了自己的眼

jing xiān huā gōng zhǔ chóng jiàn guāng
睛。鲜花公主重见光

míng le tā yòu qǐng
明了。她又请

qiú nà ge hǎo xīn rén
求那个好心人

bǎ tā zuǐ li tǔ chu
把她嘴里吐出

lai de yīng huā
来的樱花

sòng gěi wáng zǐ
送给王子。

wáng zǐ jiàn dào yīng huā gǎn dào hěn qí guài
王子见到樱花感到很奇怪，

yīn wèi zài dōng tiān yīng huā shì bú huì shèng kāi
因为在冬天樱花是不会盛开

de hǎo xīn rén dài lǐng wáng zǐ qù
的。好心人带领王子去

jiàn le xiān huā gōng zhǔ tā zhī
见了鲜花公主，他知

dào le shì qing de zhēn xiāng jiù
道了事情的真相，就

bǎ xiān huā gōng zhǔ dài huí le wáng
把鲜花公主带回了王

gōng hé tā jǔ xíng le shèng dà de hūn lǐ wáng zǐ yào chù sǐ
宫，和她举行了盛大的婚礼。王子要处死

nà ge jiǎ gōng zhǔ dàn shì zài xiān huā gōng zhǔ de qǐng qiú xià
那个假公主，但是在鲜花公主的请求下，

wáng zǐ ráo shù le tā jiǎ gōng zhǔ zuì hòu yòu huí dào le zì jǐ
王子饶恕了她，假公主最后又回到了自己

mǔ qīn de shēn biān
母亲的身边。

成长对话

　　鲜花公主嘴里能吐出什么花？孩子们，在这个美丽的春天，让我
们到大自然中去感受一下沁人心脾的花香吧！

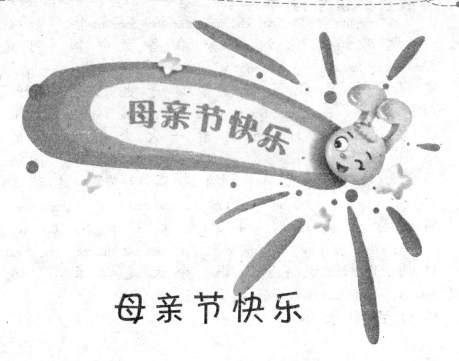

母亲节快乐

兔妈妈有4只可爱的兔宝宝。为了照顾他们，兔妈妈每天从早忙到晚，非常辛苦。

一天早晨，兔妈妈像往常一样到兔宝宝们的房间里叫他们起床。可是她发现宝宝们都不见了，床上收拾得干干净净，被子也叠得整整齐齐的。这是怎么回事呢？

兔妈妈又来到厨房准备做早饭，可是她发现早饭已经做好了，桌子也已经摆好了。在桌子的中间还放着一大束粉红色的康乃馨，娇艳的花朵还滴着露珠呢。兔妈妈感到很奇怪。这时，4只兔宝宝围了上来，异口同声地说："妈妈，今天是母亲节，我们祝您节日快乐！"

tù mā ma jī dòng de shuō hái zi men zhè shì wǒ shōu
兔妈妈激动地说："孩子们，这是我收
dào de zuì hǎo de jié rì lǐ wù xiè xie nǐ men nǐ men zhēn
到的最好的节日礼物！谢谢你们。你们真
shi mā ma de hǎo bǎo bǎo a
是妈妈的好宝宝啊。"

　　母亲就像一团燃烧的火焰，用自己的生命温暖着孩子。那么我
们怎样做才能让劳累的母亲感到欣慰呢？

命运的天平

在意大利的中部有这样一个国家，那的
国王有三个女儿，就在国王的小女儿16
岁生日那天，邻国的军队攻入了这个国家，
并且俘虏了国王。在混乱之中，王后带
着三个女儿逃到了深山
里，每天以吃野菜为
生。一天，王后

zhèng zuò zài wū zi wài miàn fā
正 坐 在 屋 子 外 面 发

chóu zhè shí zǒu guo lai yí wèi ná
愁 ， 这 时 走 过 来 一 位 拿

zhe miàn bāo de lǎo rén tā xiàng
着 面 包 的 老 人 ， 他 向

wáng hòu wèn dào fū rén nín
王 后 问 道 ：" 夫 人 ， 您

yào mǎi diǎnr miàn bāo ma
要 买 点 儿 面 包 吗 ？"

wǒ hěn xiǎng mǎi kě shì wǒ yì fēn qián yě méi
" 我 很 想 买 ， 可 是 我 一 分 钱 也 没

yǒu a wáng hòu wú nài de shuō bìng jiāng zì jǐ de shì qing gào
有 啊 。" 王 后 无 奈 地 说 ， 并 将 自 己 的 事 情 告

su le lǎo rén lǎo rén tīng wán wáng hòu de sù shuō duì wáng hòu
诉 了 老 人 。 老 人 听 完 王 后 的 诉 说 ， 对 王 后

shuō nǐ men suǒ yǒu de bú xìng dōu shì nín de yí wèi nǚ ér dài
说 ：" 你 们 所 有 的 不 幸 都 是 您 的 一 位 女 儿 带

lái de zhǐ yào tā lí kāi yí qiè dōu huì hǎo qi lai de
来 的 ， 只 要 她 离 开 ， 一 切 都 会 好 起 来 的 。"

wáng hòu wèn shì nǎ ge ne
王 后 问 ：" 是 哪 个 呢 ？"

jiù shì jiāng shǒu zhěn zài liǎn biān shuì de nà ge lǎo rén
" 就 是 将 手 枕 在 脸 边 睡 的 那 个 。" 老 人

shuō wán jiù bú jiàn le
说 完 就 不 见 了 。

wáng hòu jìn wū jiàn sān ge nǚ ér dōu shuì zháo le zhǐ yǒu xiǎo
王 后 进 屋 见 三 个 女 儿 都 睡 着 了 ， 只 有 小

nǚ ér de shǒu zhěn zài liǎn biān tā guì zài xiǎo nǚ ér de páng biān
女 儿 的 手 枕 在 脸 边 。 她 跪 在 小 女 儿 的 旁 边

shāng xīn de kū zhe shuō nán dào jiā li de è yùn zhēn de shì
伤 心 地 哭 着 说 ：" 难 道 家 里 的 厄 运 真 的 是

你带来的吗？你是那么的善良、可爱，这怎么可能呢。我可怜的小女儿啊，我该怎么办啊？"王后哭了很长时间，不知不觉就睡着了。母亲的哭声将小公主吵醒了，母亲的哭诉她也听得清清楚楚。为了不让母亲为难，她趁着天黑与睡梦中的母亲和姐姐们依依不舍地告别，一个人走了。

小公主走进了森林，太阳升起来时她发现自己已经走出了森林，离她不远的地方有一座房子，她高兴地向那座房子走去。

她走到房前，从窗户向里面看，里面有4个女工，她们正在纺纱，

她们所用的线就像彩虹一样美丽，小公主从没见过这么漂亮的线。

此时，有一个女工发现了小公主，就说："你想进来吗？你怎么一个人在这里啊？"

公主回答："我没有家，我可以留在这里吗？"

几个女工商量了一下，说："可以，你留下吧。"

于是小公主就留下来帮她们干活儿，她们都很喜欢小公主。

一天，女工们要出去买纺纱用的线，就将小公主留下看家。她们临行前对小公主说："我们去买线，明天才能回来，你要看好东西，知道吗？"说完，她们就走了。

晚上，小公主收拾完屋子就睡觉了。

夜里，她被一些响声惊醒了，好像有人在屋子里走动。于是她就问："谁？"

"是我，你的命运，明天你就会知道我来这里做什么了。"一个苍老、沙哑的声音说。不一会儿，屋子里又恢复了宁静。小公主以为是自己在做梦，就又接着睡了。

早上，女工们回来后发现纺纱机坏了，纺好的纱也被剪成了碎片。她们生气地打了小公主一顿，并将她赶了出去。

小公主不知道该去什么地方，只是漫无目的地走着。清晨，她来到了一个村庄，这时的她已经又

è yòu lèi le   jiù zuò zài
饿 又 累 了 , 就 坐 在

cūn kǒu de shí tou shang xiū
村 口 的 石 头 上 休

xi   tā bù gǎn qù qiāo rén
息 , 她 不 敢 去 敲 人

jia de mén   yīn wèi pà gěi
家 的 门 , 因 为 怕 给

rén jia dài qù è yùn   tài
人 家 带 去 厄 运 。 太

yáng shēng qi lai de shí hou   yí gè zhōng nián rén cóng cūn zi   li
阳 升 起 来 的 时 候 , 一 个 中 年 人 从 村 子 里

chū lái   wèn tā   nǐ wèi shén me zuò zài zhè lǐ   a
出 来 , 问 她 :" 你 为 什 么 坐 在 这 里 啊 ?"

wǒ yòu è yòu lèi   yǐ jīng zǒu bu dòng le   jiù zài zhè xiū
"我 又 饿 又 累 , 已 经 走 不 动 了 , 就 在 这 休

xi yí huìr   xiǎo gōng zhǔ shuō
息 一 会 儿 。" 小 公 主 说 。

wǒ shì guó wáng de miàn bāo shī   rú guǒ nǐ yuàn yì   kě
"我 是 国 王 的 面 包 师 , 如 果 你 愿 意 , 可

yǐ gěi wǒ bāng máng
以 给 我 帮 忙 。"

xiǎo gōng zhǔ xiǎng le xiǎng   gēn zhe miàn bāo shī zǒu le   bái
小 公 主 想 了 想 , 跟 着 面 包 师 走 了 。 白

tiān tā xué zhe zuò miàn bāo   wǎn shang jiù shuì zài nà lǐ   yè
天 她 学 着 做 面 包 , 晚 上 就 睡 在 那 里 。 夜

lǐ   tā yòu bèi nà ge shēng yīn jīng xǐng
里 , 她 又 被 那 个 声 音 惊 醒

le   zhè cì   tā dà shēng de jiào le
了 。 这 次 , 她 大 声 地 叫 了

qǐ lái   kuài lái rén a
起 来 :" 快 来 人 啊 ——"

miàn bāo shī ná zhe là zhú pǎo lái shí　zhǐ kàn jiàn xiǎo gōng zhǔ
面 包 师 拿 着 蜡 烛 跑 来 时 ， 只 看 见 小 公 主

zài nà lǐ zhàn zhe　ér zuò hǎo de miàn bāo hé suǒ yǒu de yuán liào
在 那 里 站 着 ， 而 做 好 的 面 包 和 所 有 的 原 料

dōu sàn luò zài dì shang　xiǎo gōng zhǔ yòu bèi dǎ le yí dùn　tā
都 散 落 在 地 上 。 小 公 主 又 被 打 了 一 顿 ， 她 .

yòu kāi shǐ liú làng le　tā liú zhe lèi　màn wú mù dì de jì xù
又 开 始 流 浪 了 。 她 流 着 泪 ， 漫 无 目 的 地 继 续

xiàng qián zǒu
向 前 走 。

zǒu zhe zǒu zhe　xiǎo gōng zhǔ lái dào le yí gè xiǎo zhèn　jiù
走 着 走 着 ， 小 公 主 来 到 了 一 个 小 镇 ， 就

zài tā jīng guò cái feng diàn de shí hou　cái feng jiào zhù le tā
在 她 经 过 裁 缝 店 的 时 候 ， 裁 缝 叫 住 了 她 ，

shuō　gū niang　wǒ shì cái feng shā lǎng　wǒ xiàn zài xū yào yí
说 ： " 姑 娘 ， 我 是 裁 缝 莎 朗 ， 我 现 在 需 要 一

个帮手，你愿意做我的帮手吗？"

"我可能会给你带来厄运，不过我很愿意帮你。"

"好啊，那我们就开始工作吧。"

于是莎朗剪布，小公主缝衣服。她们很快就把活儿干完了，莎明拿着小公主缝好的衣服说："我是国王的裁缝，我一直认为我做的衣服是最好的，可是和你做的衣服比起来简直差得太远了。你留下来吧。"

"好心的裁缝啊，我不能留下，这样会给你带来不幸的。"

小公主哀伤地说。

"这是为什么呢？"

wǒ yǒu yí gè bú xìng de mìng yùn wǒ zǒu dào nar tā
“我有一个不幸的命运，我走到哪儿，她
jiù huì gēn dào nǎr
就会跟到哪儿。”

zhè méi shén me zhǐ yào nǐ yǒng gǎn jiù yí dìng kě yǐ gǎi
“这没什么，只要你勇敢，就一定可以改
biàn nǐ de mìng yùn shuō zhe tā yào xiǎo gōng zhǔ zài zhè lǐ děng
变你的命运。”说着她要小公主在这里等
tā bù yí huìr tā ná zhe liǎng ge hěn dà de hóng píng guǒ
她。不一会儿，她拿着两个很大的红苹果
huí lái duì xiǎo gōng zhǔ shuō nǐ ná hǎo zhè liǎng ge píng guǒ zǒu
回来对小公主说：“你拿好这两个苹果，走
dào sēn lín shēn chù duì zhe tiān kōng hǎn wǒ de mìng yùn
到森林深处，对着天空喊我的命运。”

mìng yùn kě yǐ hǎn lái ma
“命运可以喊来吗？”

kě yǐ nǐ jiù hǎn shā lǎng de mìng yùn néng lái jiàn
“可以，你就喊：‘莎朗的命运，能来见
wǒ ma tā jiù huì lái le nǐ yào hěn yǒu lǐ mào gěi tā yí
我吗？’她就会来了。你要很有礼貌，给她一
gè píng guǒ wèn tā nǐ de mìng yùn zài nǎr tā yí dìng huì gào
个苹果，问她你的命运在哪儿，她一定会告
su nǐ de rán hòu nǐ jiù qù zhǎo nǐ zì jǐ de mìng yùn ba zhǎo
诉你的。然后你就去找你自己的命运吧，找
dào hòu bǎ lìng yí ge píng guǒ gěi tā
到后把另一个苹果给她。”

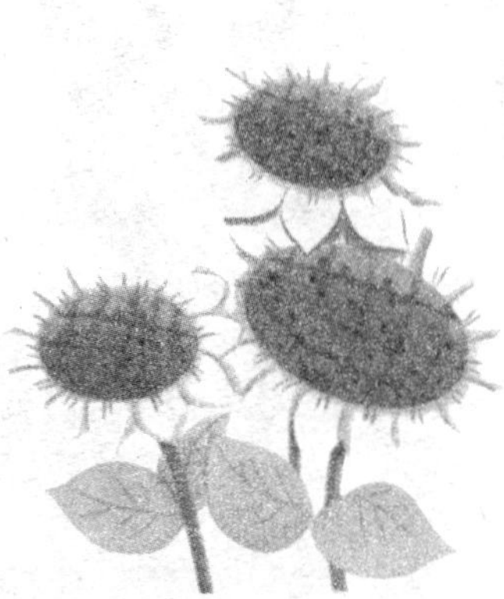

xiǎo gōng zhǔ dài zhe píng guǒ chū fā
小公主带着苹果出发
le zài sēn lín shēn chù tā zhào zhe shā
了，在森林深处，她照着莎
lǎng shuō de zuò le shā lǎng de mìng yùn
朗说的做了。莎朗的命运

guǒ zhēn lái le xiǎo gōng zhǔ xiàng shā lǎng de mìng yùn jū le yì
果真来了，小公主向莎朗的命运鞠了一
gōng shuō nín hǎo zhè shì gěi nín de nín néng gào su wǒ
躬，说：“您好，这是给您的，您能告诉我，
wǒ de mìng yùn zài shén me dì fang ma
我的命运在什么地方吗？”

kě yǐ bú guò nǐ jiàn le tā kě bú yào hài pà tā shì
“可以，不过你见了她可不要害怕，她是
yí gè hěn xiōng de lǎo rén tā zhù zài hé biān de pò cǎo fáng
一个很凶的老人。她住在河边的破草房
li shā lǎng de mìng yùn shuō
里。”莎朗的命运说。

xiǎo gōng zhǔ dào le xiè jiù xiàng hé biān zǒu qù zài hé biān
小公主道了谢就向河边走去。在河边，
tā kàn jiàn yí gè chuān zhe pò yī làn shān de lǎo pó po zhèng zuò
她看见一个穿着破衣烂衫的老婆婆正坐
zài cǎo fáng de mén kǒu zhuā zhe tā nà zāng
在草房的门口抓着她那脏
luàn de huā bái tóu fa
乱的花白头发。

lǎo pó po jiàn le xiǎo gōng zhǔ xiōng
老婆婆见了小公主，凶
hěn de shuō nǐ zěn me lái le
狠地说：“你怎么来了？”

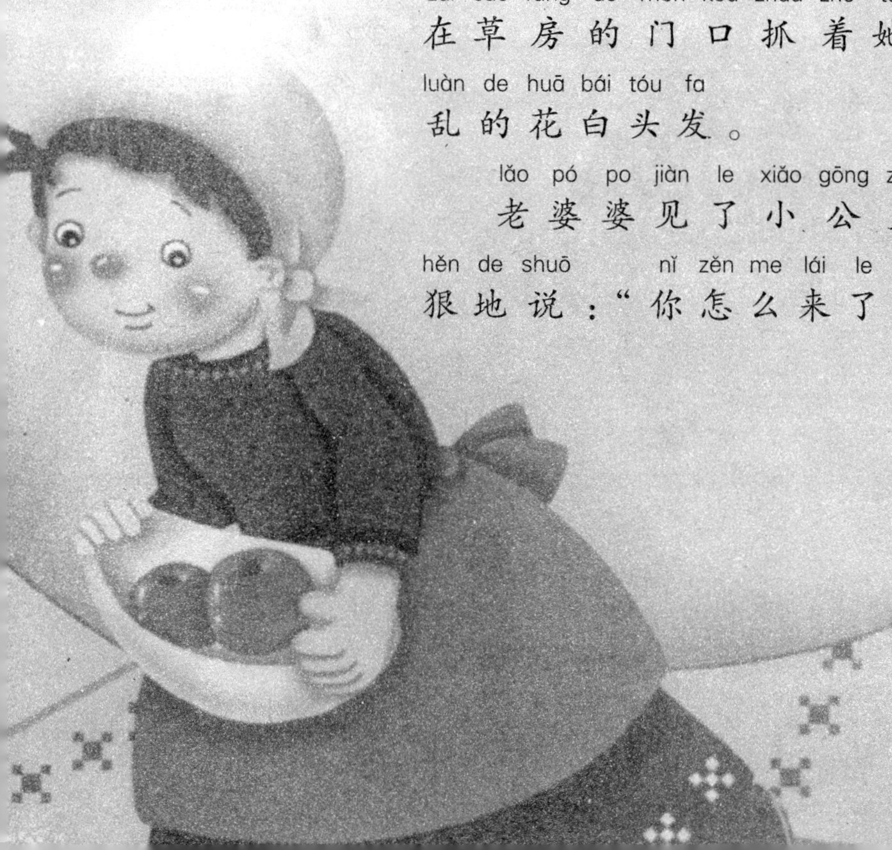

wǒ shì lái kàn nǐ de zhè shì wǒ gěi nǐ de lǐ wù
“我是来看你的，这是我给你的礼物。”
shuō zhe tā jiāng píng guǒ fàng xià jiù zǒu le lǎo pó po de liǎn sè
说着她将苹果放下就走了。老婆婆的脸色
huǎn hé le xǔ duō
缓和了许多。

wǒ men zài shuō shā lǎng tā jiāng yī fu sòng jìn le wáng
我们再说莎朗，她将衣服送进了王
gōng guó wáng jiàn le nà jiàn yī
宫。国王见了那件衣
fu hòu hěn jīng qí tā shuō
服后很惊奇，他说：
shā lǎng nǐ de shǒu yì jìn
“莎朗，你的手艺进
bù le wǒ yào shǎng nǐ
步了。我要赏你
ge jīn bì
5个金币。”
shā lǎng gāo xìng de huí
莎朗高兴地回
qù le tā gěi xiǎo gōng zhǔ
去了，她给小公主

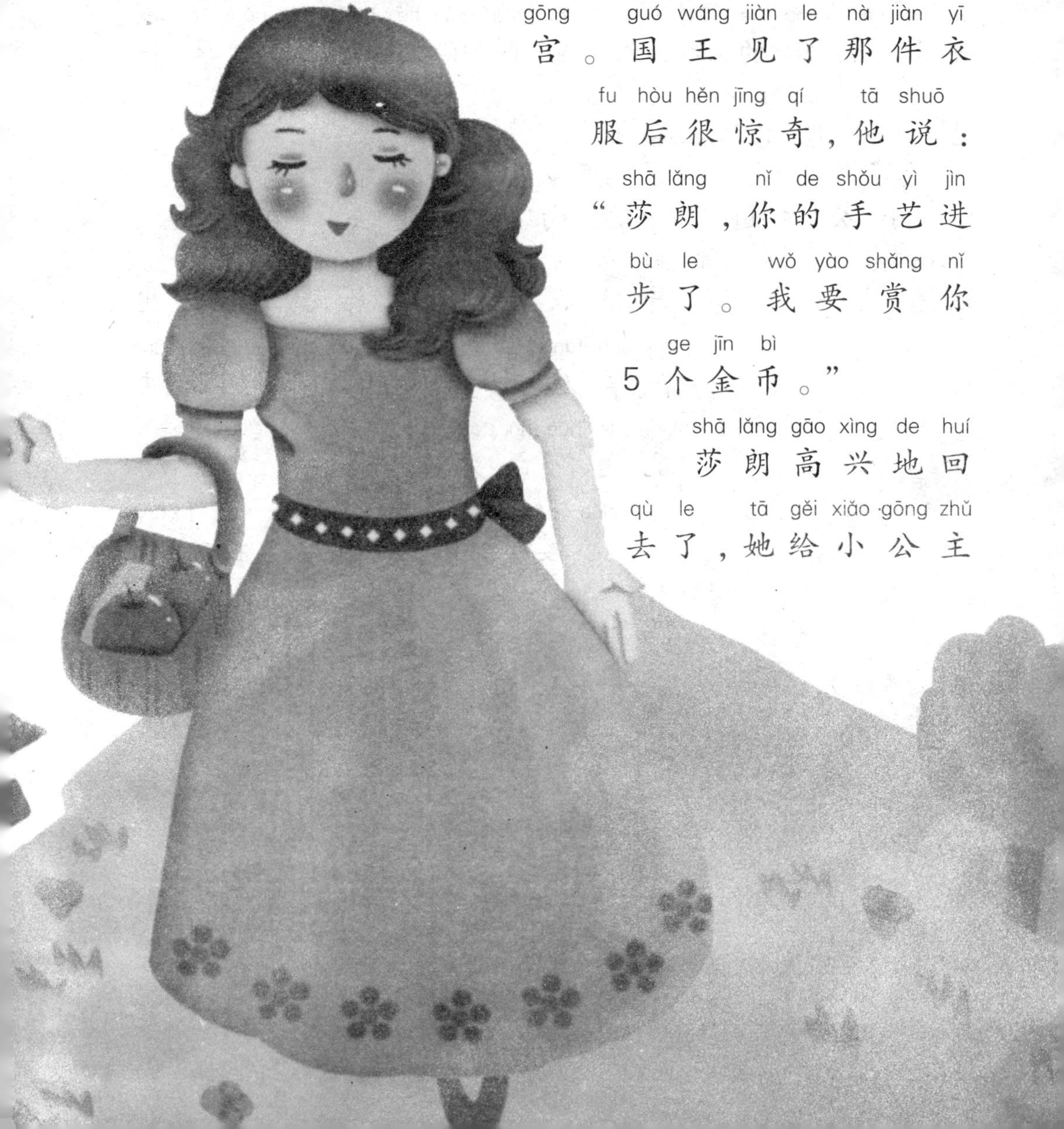

mǎi le hěn duō hǎo dōng xi
买了很多好东西。

jiù zhè yàng xiǎo gōng zhǔ liú le xià
就这样，小公主留了下

lái bāng shā lǎng zuò yī fu měi cì guó wáng
来，帮莎朗做衣服，每次国王

dōu huì gěi shā lǎng shǎng qián shā lǎng jiù yòng zhè qián mǎi le hěn
都会给莎朗赏钱。莎朗就用这钱买了很

duō dōng xi ràng xiǎo gōng zhǔ qù sòng gěi mìng yùn
多东西，让小公主去送给命运。

xiǎo gōng zhǔ yòu lái dào le tā de mìng yùn jiā mìng yùn hái shi
小公主又来到了她的命运家，命运还是

lǎo yàng zi tā duì xiǎo gōng zhǔ shuō yòu ná píng guǒ lái
老样子，她对小公主说："又拿苹果来

le ma
了吗？"

shì de dàn hái yǒu bié de nín kàn xiǎo gōng zhǔ chèn
"是的，但还有别的，您看。"小公主趁

mìng yùn kàn dōng xi de shí hou jiāng tā chě dào le hé li kāi shǐ
命运看东西的时候，将她扯到了河里，开始

gěi tā xǐ zǎo yí huìr yí gè shàn liáng kě ài de lǎo pó
给她洗澡。一会儿，一个善良、可爱的老婆

po jiù chū xiàn zài le tā de miàn qián mìng yùn kàn kan zì jǐ
婆就出现在了她的面前。命运看看自己，

rán hòu duì xiǎo gōng zhǔ shuō nǐ zhēn shi ge kě ài de hái zi
然后对小公主说："你真是个可爱的孩子，

nǐ de yǒng gǎn zhàn shèng le nǐ de è yùn zhè shì wǒ sòng gěi nǐ
你的勇敢战胜了你的厄运，这是我送给你

de lǐ wù
的礼物。"

shuō wán tā dì gěi xiǎo gōng zhǔ yí gè hé zi xiǎo gōng zhǔ
说完她递给小公主一个盒子。小公主

_{dào le xiè biàn ná zhe hé zi huí jiā le} _{huí dào jiā tā hé shā}
道了谢便拿着盒子回家了。回到家她和莎

_{lǎng yì qǐ dǎ kāi hé zi lǐ miàn zhǐ yǒu yì kē zhēn zhū shā}
朗一起打开盒子，里面只有一颗珍珠。莎

_{lǎng jiù shuō zhēn shi ge xiǎo qì guǐ}
朗就说："真是个小气鬼。"

_{shā lǎng yòu jìn wáng gōng sòng yī fu le zhè cì guó wáng kàn}
莎朗又进王宫送衣服了，这次国王看

_{shang qu xīn shì chóng chóng de yàng zi}
上去心事重重的样子。

44

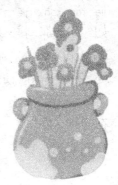

shā lǎng wèn nín zhè shì zěn me le
莎朗问："您这是怎么了？"

hūn qī mǎ shàng jiù dào le kě shì xīn niáng de yī fu què bèi yí gè gū niang gěi huǐ le jié hūn yòng de miàn bāo yě bèi yí gè gū niang gěi huǐ le chóng xīn wèi xīn niáng zuò de yī fu què yòu quē le yì kē zhēn zhū jiù yì kē guó wáng yōu chóu de shuō
"婚期马上就到了，可是新娘的衣服却被一个姑娘给毁了。结婚用的面包也被一个姑娘给毁了。重新为新娘做的衣服却又缺了一颗珍珠，就一颗。"国王忧愁地说。

yì kē zhēn zhū ma guó wáng nín děng yí huìr
"一颗珍珠吗？国王，您等一会儿。"

shā lǎng pǎo huí jiā jiāng mìng yùn gěi xiǎo gōng zhǔ de zhēn zhū ná gěi le guó wáng guó wáng yí kàn zhè kē zhēn zhū hé lǐ fú shang de yì mó yì yàng jiù gāo xìng de shuō shā lǎng nǐ shì cóng na lǐ dé dào de zhè kē zhēn zhū ne
莎朗跑回家将命运给小公主的珍珠拿给了国王。国王一看这颗珍珠和礼服上的一模一样，就高兴地说："莎朗，你是从哪里得到的这颗珍珠呢？"

shā lǎng jiāng xiǎo gōng zhǔ de shì qing gào su le guó wáng guó wáng hěn hǎo qí jiù jiāng xiǎo gōng zhǔ zhào jìn le wáng gōng tā yí jiàn xiǎo gōng zhǔ jiù ài shàng le tā guó wáng mǎ shàng pài rén qǔ xiāo le yuán lái de hūn lǐ jué dìng qǔ xiǎo gōng zhǔ wéi qī
莎朗将小公主的事情告诉了国王，国王很好奇，就将小公主召进了王宫，他一见小公主，就爱上了她。国王马上派人取消了原来的婚礼，决定娶小公主为妻。

zài jié hūn nà tiān guó wáng jiāng xiǎo gōng zhǔ de mǔ qīn hé jiě
在结婚那天，国王将小公主的母亲和姐

jiě men dōu jiē lái le xiǎo gōng zhǔ hěn gāo xìng zài kè rén zhōng
姐们都接来了，小公主很高兴。在客人中
hái yǒu yí gè bié ren kàn bu jiàn de tè shū kè rén tā yì zhí zhàn
还有一个别人看不见的特殊客人，她一直站
zài xiǎo gōng zhǔ de shēn biān tā jiù shì xiǎo gōng zhǔ de mìng yùn
在小公主的身边，她就是小公主的命运。

成长对话

　　小公主通过不懈的努力战胜了自己的命运。在她的身上有很多值得我们学习的优秀品质，你能说出她都有哪些优秀的品质吗？

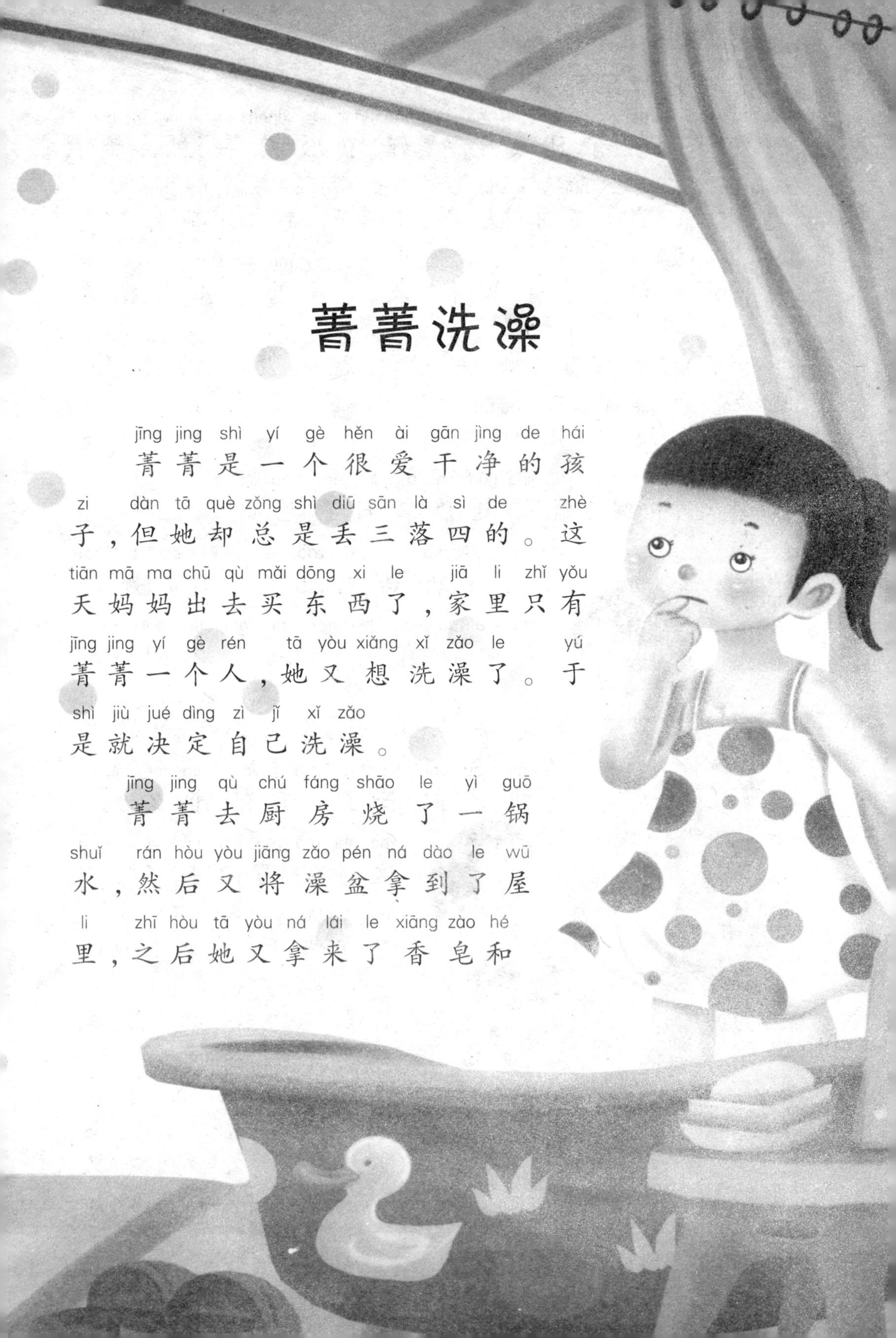

菁菁洗澡

jīng jing shì yí gè hěn ài gān jìng de hái
菁菁是一个很爱干净的孩
zi dàn tā què zǒng shì diū sān là sì de zhè
子，但她却总是丢三落四的。这
tiān mā ma chū qù mǎi dōng xi le jiā li zhǐ yǒu
天妈妈出去买东西了，家里只有
jīng jing yí gè rén tā yòu xiǎng xǐ zǎo le yú
菁菁一个人，她又想洗澡了。于
shì jiù jué dìng zì jǐ xǐ zǎo
是就决定自己洗澡。

jīng jing qù chú fáng shāo le yì guō
菁菁去厨房烧了一锅
shuǐ rán hòu yòu jiāng zǎo pén ná dào le wū
水，然后又将澡盆拿到了屋
li zhī hòu tā yòu ná lái le xiāng zào hé
里，之后她又拿来了香皂和

xǐ fà shuǐ hái yǒu shén me ne hǎo hāor xiǎng yi xiǎng ò
洗发水，还有什么呢？好好儿想一想，哦，
xiǎng qi lai le hái yǒu shū zi yí qiè dōu zhǔn bèi hǎo le
想起来了，还有梳子。一切都准备好了，
a hái yǒu shuǐ jīng jing jí máng lái dào chú fáng shuǐ yǐ jīng rè
啊，还有水，菁菁急忙来到厨房，水已经热
le kě yǐ xǐ zǎo le tā guān le huǒ jiù jìn wū xǐ zǎo qù le
了，可以洗澡了，她关了火就进屋洗澡去了。
hǎo xiàng hái quē diǎnr shén me shì shén me ne duì le hái
好像还缺点儿什么，是什么呢？对了，还
méi ná máo jīn ne jīng jing gǎn jǐn ná lái le máo jīn
没拿毛巾呢，菁菁赶紧拿来了毛巾。

tā kāi shǐ xǐ zǎo le kě shì tā hái
她开始洗澡了，可是她还
shi jué de yǒu shén me dì fāng bù duì hái
是觉得有什么地方不对，还
shi quē diǎnr shén me dàn shì tā jiù shì
是缺点儿什么，但是她就是
xiǎng bu qǐ lái le hái yǒu shén me ne
想不起来了，还有什么呢？
zhè shí mā ma huí lái le jīng
这时妈妈回来了，菁
jing lì jí wèn mā ma shuō
菁立即问妈妈，说：
mā ma wǒ zhèng zài xǐ
“妈妈，我正在洗
zǎo kě shì zǒng jué de quē
澡，可是总觉得缺
le diǎnr shén me dàn shì yòu
了点儿什么，但是又
xiǎng bu chū lái dào dǐ quē shén
想不出来到底缺什

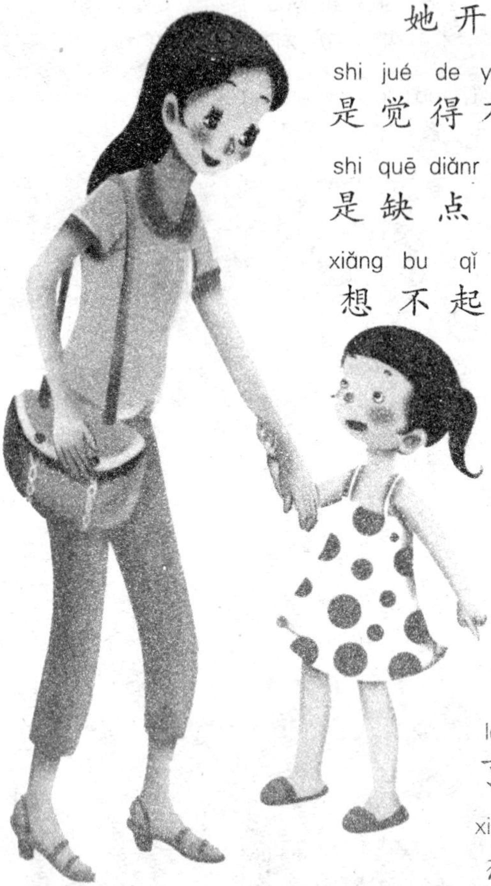

me le　nín kuài bāng wǒ kàn kan ba
么了，您快帮我看看吧。"

mā ma zǒu guo lai yí kàn　rěn bu zhù xiào
妈妈走过来一看，忍不住笑

le qǐ lái　duì jīng jing shuō　jīng jing
了起来，对菁菁说："菁菁，

nǐ zhēn shi tài mǎ hu le　jìng rán néng zài
你真是太马虎了，竟然能在

xǐ zǎo de shí hou wàng le zài zǎo pén li
洗澡的时候忘了在澡盆里

jiā shuǐ
加水。"

jīng jing zhǎ zha yǎn jing kàn le kàn　bù hǎo yì si de shuō　wǒ
菁菁眨眨眼睛看了看，不好意思地说：我

yí dìng yào gǎi diào mǎ hu de huài máo bìng
一定要改掉马虎的坏毛病。"

成长对话

马虎可是个坏习惯，生活中你是不是也会因为马虎犯下一些错误呢？赶快改掉这个坏习惯吧！

大雁公主

cóng qián yǒu yí gè guó wáng tè bié xiǎng yào yí gè hái zi
从前，有一个国王特别想要一个孩子，
yú shì tā jiù qù qiú cháo zhōng de mó fǎ shī bāng máng mó fǎ shī
于是他就去求朝中的魔法师帮忙，魔法师
gěi le tā yì kē dàn bìng gào su tā sān tiān hòu dàn li huì fū chu
给了他一颗蛋，并告诉他三天后蛋里会孵出
lai yí gè gōng zhǔ dàn qiū tiān de shí hou bù néng ràng tā
来一个公主。但秋天的时候不能让她
chu wū fǒu zé tā jiù huì hé yàn qún yì qǐ fēi zǒu
出屋，否则她就会和雁群一起飞走。
sān tiān hòu hái zi cóng dàn li chū lái
三天后，孩子从蛋里出来
le guó wáng hěn gāo xìng quán xīn quán
了，国王很高兴，全心全
yì de ài hù zhe zhè ge gōng
意地爱护着这个公

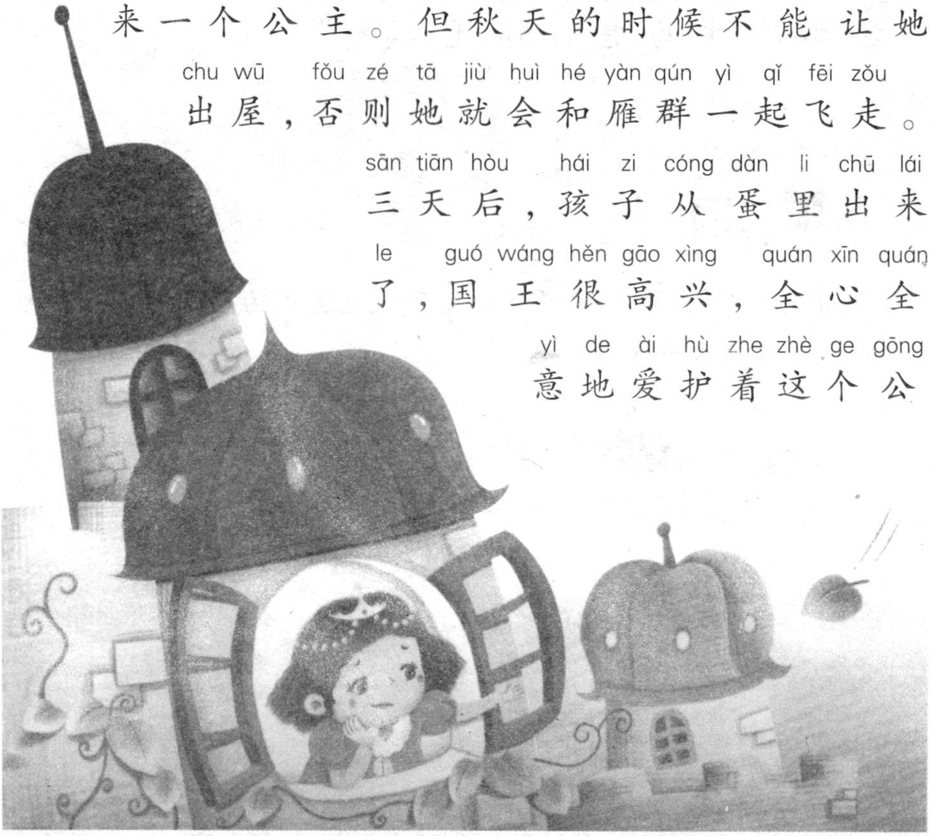

主。开始公主也觉得很幸福，但是秋天的时

候她就会很不高兴，因为秋天她只能在屋子

里待着。

有一年秋天，好奇的公主走出了房间，她

看见了雁群，感觉很好玩，就追着跑，跑着跑

着，她就变成一只大雁跟着雁群飞走了。

国王很伤心，就又去找魔法师，魔法师

说："明年春天，当大雁飞回来的时候，您

让人把钻石和粮食扔在地上，捡钻石的大

雁就是公主，叫人

把她抓住就可

以了。"

第二年春

天，国王按照

魔法师的话做

了，果然找到了

gōng zhǔ tā men yì jiā yòu tuán jù le qiū tiān de shí hou
公主。他们一家又团聚了。秋天的时候，

gōng zhǔ zài yě bù gǎn chū wū le cóng cǐ tā men guò zhe xìng
公主再也不敢出屋了。从此他们过着幸

fú kuài lè de shēng huó
福、快乐的生活。

成长对话

　　每年秋天大雁都会飞到南方去，但是你知道大雁为什么要飞到南方去吗？快去问问爸爸妈妈吧！

千种皮

cóng qián yǒu yí gè guó wáng　tā de qī zi hěn piào liang
从前有一个国王，他的妻子很漂亮，

zhǎng zhe yì tóu jīn sè de tóu fa　bú liào　wáng hòu què dé le
长着一头金色的头发。不料，王后却得了

zhòng bìng　yī shēng men dōu shù shǒu wú cè　wáng hòu duì guó wáng
重病，医生们都束手无策。王后对国王

shuō　wǒ sǐ hòu　nǐ kě yǐ zài qǔ yí gè wáng hòu　dàn shì
说："我死后，你可以再娶一个王后，但是

tā bì xū yào hé wǒ yí yàng piào liang　bìng qiě zhǎng zhe yì tóu jīn
她必须要和我一样漂亮，并且长着一头金

fà　　guó wáng dā ying le　　bù jiǔ wáng hòu jiù sǐ le
发。"国王答应了，不久王后就死了。

wáng hòu sǐ hòu　guó wáng hěn
王后死后，国王很

cháng yí duàn shí jiān dōu
长一段时间都

chén jìn zài bēi tòng zhī
沉浸在悲痛之

zhōng　gēn běn jiù bù xiǎng
中，根本就不想

zài qǔ yí gè xīn wáng
再娶一个新王

hòu　kě shì dà chén men
后。可是大臣们

dōu quàn guó wáng zài qǔ ge
都劝国王再娶个

新王后，他们也派人
四处寻找和死去的
王后一样漂亮
的女人。可是
他们找遍了
整个国家也
没有找到。

国王和死
去的王后生有一个女儿，王后死后，国王
便很少关注女儿了。公主长大后，和母亲
一样漂亮，并且也有着一头金色的头发。
一天，国王看见了公主，发现她和死去的
王后一模一样，便打算娶自己的女儿。大
臣们很吃惊，都劝国王说："父亲是不能
同女儿结婚的，否则上帝会惩罚我们国家
的。"

gōng zhǔ yě zhī dào le guó wáng de xiǎng fǎ tā hěn jīng è
公主也知道了国王的想法，她很惊愕，
tā méi xiǎng dào fù qīn jìng rán huì yǒu zhè zhǒng xiǎng fǎ tā xiǎng
她没想到父亲竟然会有这种想法，她想
quàn fù qīn gǎi biàn zhǔ yi kě shì guó wáng yí yì gū xíng yú
劝父亲改变主意，可是国王一意孤行。于
shì tā duì guó wáng shuō nǐ kě yǐ qǔ wǒ dàn shì bì xū
是，她对国王说："你可以娶我，但是必须
gěi wǒ jiàn yī fu dì yī jiàn yào xiàng tài yáng yí yàng càn làn
给我4件衣服：第一件要像太阳一样灿烂，
dì èr jiàn yào xiàng yuè liàng yí yàng jiǎo jié dì sān jiàn yào xiàng xīng
第二件要像月亮一样皎洁，第三件要像星
xing yí yàng shǎn shǎn fā liàng dì sì jiàn wǒ yào zán men guó jiā de
星一样闪闪发亮，第四件我要咱们国家的
yì qiān zhǒng dòng wù de pí zuò chéng de qiān pí yī gōng zhǔ yǐ
一千种动物的皮做成的千皮衣。"公主以
wéi zhè yàng néng gòu nán zhù fù qīn ràng tā gǎi biàn zhǔ yi kě
为这样能够难住父亲，让他改变主意。可
shì guó wáng què bù kěn jiù cǐ bà xiū tā xià lìng ràng quán guó
是国王却不肯就此罢休，他下令让全国
shǒu zuì qiǎo de gū niang lái zhī qián sān jiàn yī fu tā yòu
手最巧的姑娘来织前三件衣服，他又
ràng quán guó de liè rén dǎi zhù yì qiān zhǒng liè wù rán
让全国的猎人逮住一千种猎物，然
hòu yòng yì qiān zhāng pí zuò le yí jiàn qiān pí
后用一千张皮做了一件千皮
yī guó wáng bǎ zhè sì jiàn yī fu jiāo gěi
衣。国王把这四件衣服交给
le gōng zhǔ hòu yào gōng zhǔ zhǔn bèi jié
了公主后，要公主准备结
hūn gōng zhǔ jué dìng táo zǒu
婚。公主决定逃走。

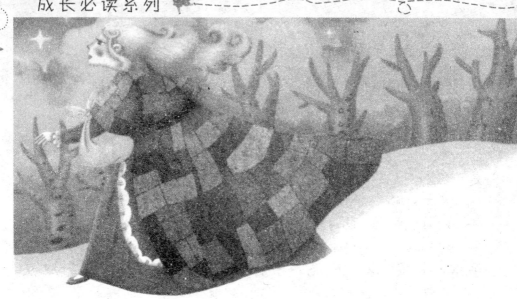

到了夜里，人们都睡着了，公主穿上
那件千皮衣，在脸上涂上煤灰，把剩下的
那三件漂亮的衣服装到了一个袋子里，又
带了一枚金戒指、一个金纺轮和一个金线
轴，就逃走了。她走了一夜，来到了一个大
森林里，由于又困又累，就在一个大树洞里
睡着了。

公主所在的地方属于另一个王国。这
天，这个国家的国王恰巧来打猎，他发现了
穿着千皮衣的公主，就把她带回了王宫，

ràng tā zài chú fáng li gàn huór rén men dōu jiào tā qiān
让她在厨房里干活儿，人们都叫她“千
zhǒng pí
种皮”。

gōng zhǔ měi tiān dōu gàn zhe fán zhòng de gōng zuò chī jìn le
公主每天都干着繁重的工作，吃尽了
kǔ tóu yì tiān guó wáng yào jǔ xíng wǔ huì gōng zhǔ yě xiǎng
苦头。一天，国王要举行舞会，公主也想
qù biàn xiàng chú shī qǐng le bàn ge xiǎo shí de jià shuō tā zhǐ
去，便向厨师请了半个小时的假，说她只
xiǎng qù kàn kan chú shī tóng yì le gōng zhǔ xǐ diào le liǎn shang
想去看看，厨师同意了。公主洗掉了脸上
de méi huī huàn shàng le xiàng tài yáng yí yàng càn làn de yī fu
的煤灰，换上了像太阳一样灿烂的衣服，
jiǎn zhí měi lì jí le tā lái dào wǔ huì rén men dōu yǐ wéi tā
简直美丽极了。她来到舞会，人们都以为她
shì yí wèi gōng zhǔ guó wáng fā xiàn le tā biàn xǐ huan shàng
是一位公主。国王发现了她，便喜欢上
le tā ér qiě hái qǐng tā tiào wǔ wǔ huì hòu gōng zhǔ biàn huàn
了她，而且还请她跳舞。舞会后，公主便换
huí yī fu qiāo qiāo de huí dào le chú fáng
回衣服，悄悄地回到了厨房。

guó wáng zhǎo bu dào tā hěn shī
国王找不到她，很失
wàng gōng zhǔ huí lái hòu
望。公主回来后，
chú shī ràng gōng zhǔ tì tā
厨师让公主替他
gěi guó wáng zuò tāng yīn
给国王做汤，因
wèi tā yě xiǎng qù qiáo qiao
为他也想去瞧瞧

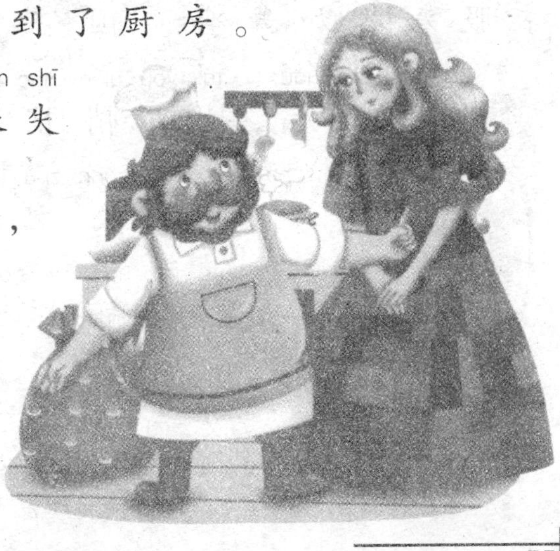

rè nao gōng zhǔ xì xīn de zuò le yì wǎn tāng rán hòu zài tāng
热闹。公主细心地做了一碗汤，然后在汤
li fàng le nà méi jīn jiè zhi guó wáng hē le tāng tā hái cóng
里放了那枚金戒指。国王喝了汤，他还从
lái méi hē guo zhè me hǎo hē de tāng tā yòu zài wǎn li fā xiàn le
来没喝过这么好喝的汤，他又在碗里发现了
nà méi jīn jiè zhi biàn bǎ chú shī jiào le jìn lái chú shī shuō tāng
那枚金戒指，便把厨师叫了进来。厨师说汤
shì qiān zhǒng pí zuò de guó wáng jiào lái le gōng zhǔ wèn
是“千种皮”做的。国王叫来了公主，问
dào nǐ zěn me huì yǒu jīn jiè zhi gōng zhǔ shuō wǒ shì
道：“你怎么会有金戒指？”公主说：“我是
yí gè kǔ mìng de rén jīn jiè zhi de shì wǒ yī wú suǒ zhī guó
一个苦命的人，金戒指的事我一无所知。”国
wáng biàn ràng tā huí qù le
王便让她回去了。

bù jiǔ guó wáng yòu jǔ xíng wǔ huì gōng zhǔ yòu qǐng le bàn
不久，国王又举行舞会，公主又请了半
ge xiǎo shí de jià huàn shàng le xiàng yuè liàng yí yàng jiǎo jié de
个小时的假，换上了像月亮一样皎洁的
yī fu lái cān jiā wǔ huì guó wáng yòu qǐng tā tiào wǔ bàn ge
衣服来参加舞会。国王又请她跳舞，半个
xiǎo shí hòu tā yòu qiāo qiāo de lí kāi le huí dào chú
小时后，她又悄悄地离开了。回到厨
fáng chú shī ràng gōng zhǔ bāng zhù tā zuò tāng tā qù
房，厨师让公主帮助他做汤，他去
kàn rè nào gōng zhǔ zuò hǎo le tāng zài
看热闹。公主做好了汤，在
wǎn li fàng le yí gè jīn fǎng lún guó wáng
碗里放了一个金纺轮。国王
hē le tāng fā xiàn le nà ge jīn fǎng lún yòu jiào
喝了汤，发现了那个金纺轮，又叫

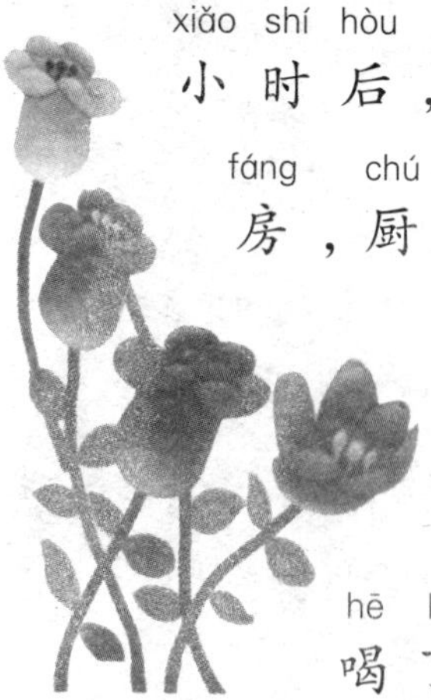

来了"千种皮"。她对金纺轮的事情表示一无所知,国王不得不放她离开了。

国王举行第三次舞会,公主又穿着像星星一样闪闪发亮的衣服去了。国王在和她跳舞的时候,偷偷地把一枚金戒指戴在了她的手指上,然后又延长了舞会的时间。这样,等到公主跳完舞后,她就没有时间卸妆便回到了厨房,厨师又让她给国王做汤。汤做好后,她把金线轴放在了碗里。

国王发现了金线轴,就叫来了"千种皮"。这回,没有卸妆的公主被国

wáng rèn chu lai le
王 认 出 来 了。

guó wáng xiàng gōng zhǔ qiú hūn　　gōng zhǔ dā ying le　　　tā men
国 王 向 公 主 求 婚，公 主 答 应 了。他 们

jǔ xíng le shèng dà de hūn lǐ　　cóng cǐ xìng fú kuài lè de shēng
举 行 了 盛 大 的 婚 礼，从 此 幸 福 快 乐 地 生

huó zài yì qǐ
活 在 一 起。

成 长 对 话

　　公主历经磨难之后终于收获了属于自己的幸福，在她身上有什么品质是值得你去学习的呢？

丽娜的手指头

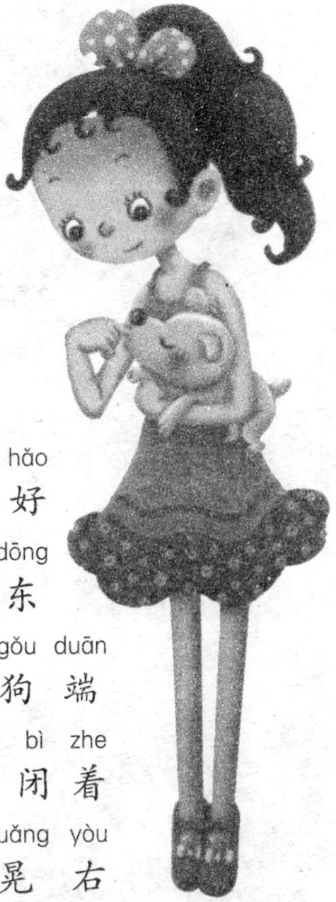

nǎi nai sòng gěi lì nà yì zhī xiǎo
奶奶送给丽娜一只小
gǒu xiǎo gǒu tài xiǎo le hái méi yǒu
狗。小狗太小了，还没有
zhēng kāi yǎn jing ne dàn shì tā kě ài
睁开眼睛呢，但是它可爱
jí le
极了。

lì nà gěi xiǎo gǒu zhǔn bèi le hěn duō hǎo
丽娜给小狗准备了很多好
chī de kě shì xiǎo gǒu què yì diǎnr dōng
吃的，可是小狗却一点儿东
xi yě bù néng chī lì nà yòu gěi xiǎo gǒu duān
西也不能吃。丽娜又给小狗端
lái le yì xiǎo pán niú nǎi kě shì xiǎo gǒu bì zhe
来了一小盘牛奶，可是小狗闭着
yǎn jing shēn tǐ yòu hěn xū ruò zuǒ huǎng yòu
眼睛，身体又很虚弱，左晃右
huǎng yí xià zi jiù bǎ niú nǎi dǎ fān le lì nà shōu shi hǎo
晃，一下子就把牛奶打翻了。丽娜收拾好
niú nǎi bào qǐ xiǎo gǒu xīn téng de shuō xiǎo gǒu nǐ zěn me
牛奶，抱起小狗，心疼地说："小狗，你怎么
bù chī dōng xi ne xiǎo gǒu tiǎn le tiǎn lì nà de shǒu zhǐ tou
不吃东西呢？"小狗舔了舔丽娜的手指头，
tā hǎo xiàng shì wén dào le lì nà shǒu shang de niú nǎi wèi lì
它好像是闻到了丽娜手上的牛奶味。丽

nà líng jǐ yí dòng　máng yòng shǒu zhǐ zhàn niú nǎi　xiǎo gǒu biàn zài
娜灵机一动，忙用手指蘸牛奶，小狗便在

lì nà de shǒu zhǐ shang tiǎn qǐ lai　hěn kuài tā jiù chī bǎo le
丽娜的手指上舔起来，很快它就吃饱了。

jiù zhè yàng　lì nà yòng shǒu zhǐ tou màn màn de jiāng xiǎo gǒu
就这样，丽娜用手指头慢慢地将小狗

wèi dà le　xiǎo gǒu zhēng kāi
喂大了。小狗睁开

le yǎn jing　hún shēn de máo
了眼睛，浑身的毛

yě biàn de liàng
也变得亮

qǐ lai le　tā
起来了，它

ǒu ěr hái néng fā chū
偶尔还能发出

wāng wāng　de jiào shēng ne
"汪汪"的叫声呢。

xiǎo gǒu zhǎng dà hòu néng zì jǐ
小狗长大后能自己

chī dōng xi le　lì nà bú zài yòng
吃东西了，丽娜不再用

shǒu zhǐ wèi tā le　dàn shì měi dāng
手指喂它了，但是每当

lì nà bào qǐ tā shí   tā zǒng huì yòng shī hū hū de shé tóu tiǎn lì
丽 娜 抱 起 它 时 ，它 总 会 用 湿 乎 乎 的 舌 头 舔 丽

nà de shǒu zhǐ   yīn wèi dāng tā hái shi xiǎo bù diǎnr   de shí hou
娜 的 手 指 ，因 为 当 它 还 是 小 不 点 儿 的 时 候 ，

jiù shì kào zhe lì nà de shǒu zhǐ tóu chī nǎi de a
就 是 靠 着 丽 娜 的 手 指 头 吃 奶 的 啊 ！

成 长 对 话

　　丽娜是一个充满爱心的女孩儿，读这故事之后，你是否也会为丽娜和小狗之间的情谊打动呢？

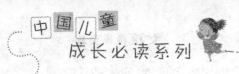

五色公主

wǔ sè gōng zhǔ shì sēn lín li zuì piào liang de gōng zhǔ tā
五色公主是森林里最漂亮的公主，她

shēn shang yǒu wǔ zhǒng yán sè hóng sè huáng sè lǜ sè lán
身上有五种颜色：红色、黄色、绿色、蓝

sè hé bái sè wǔ sè gōng zhǔ hěn shàn
色和白色。五色公主很善

liáng tā bù jǐn gěi dà jiā dài lái le
良，她不仅给大家带来了

měi lì hái jīng cháng bāng zhù bié ren
美丽，还经常帮助别人，

suǒ yǐ tā měi tiān dōu hěn kāi xīn
所以她每天都很开心。

chūn tiān dào le wǔ sè gōng
春天到了，五色公

zhǔ zài dà dì shang wán shuǎ tā
主在大地上玩耍。她

jiàn dào xiǎo xiǎo de yíng chūn huā zài
见到小小的迎春花在

kū biàn wèn yíng chūn huā nǐ wèi shén me kū ne wǒ
哭，便问：“迎春花，你为什么哭呢？”“我
hún shēn méi yǒu yì diǎnr xiān yàn de yán sè nán kàn sǐ le
浑身没有一点儿鲜艳的颜色，难看死了。”
wǔ sè gōng zhǔ jiàn yíng chūn huā
五色公主见迎春花
kū de zhè yàng shāng xīn biàn
哭得这样伤心，便
bǎ tā de huáng sè gěi le yíng
把她的黄色给了迎
chūn huā wǔ sè gōng zhǔ jì
春花。五色公主继
xù xiàng qián zǒu tā yòu yù
续向前走，她又遇
dào le kū qì de lí huā yú
到了哭泣的梨花，于
shì tā bǎ bái sè gěi le lí
是她把白色给了梨
huā jiù zhè yàng tā yòu
花。就这样，她又
bǎ lǜ sè gěi le xiǎo cǎo bǎ
把绿色给了小草，把

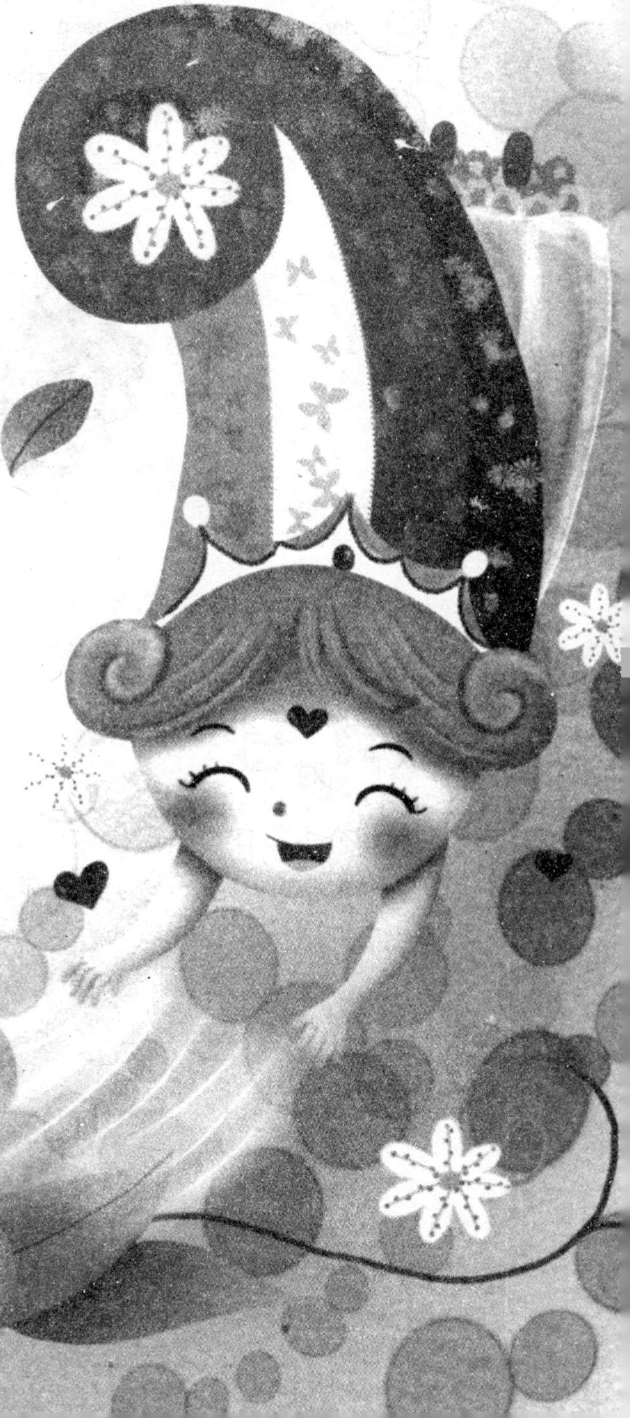

hóng sè gěi le méi gui bǎ lán sè gěi le wù wàng wǒ méi yǒu
红色给了玫瑰，把蓝色给了勿忘我。没有

le wǔ zhǒng yán sè de wǔ sè gōng zhǔ suī rán méi yǒu yǐ qián piào
了五种颜色的五色公主虽然没有以前漂

liang le dàn shì dà jiā què gèng xǐ huan tā le
亮了，但是大家却更喜欢她了。

　　五色公主把自己最珍贵的五种颜色都送给了别的花，她赢得了
大家的爱戴。你知道大家为什么那么喜欢她吗？

两棵稻草

巨神的女儿玛雅爱上了人间的一个小伙子。巨神不愿意让女儿嫁给一个凡人，便把女儿关在家里，不让她出去。

这天，玛雅趁巨神不注意便逃了出来，到人间去找小伙子了。谁知他们这次约会竟然忘了时间，等到她想起该回家的时候，巨神正在空中愤怒地看着他们呢。

巨神很生气地说：

"玛雅，你竟然敢偷着跑出来，你难道真想嫁给一个凡人吗？""是的，父亲！"

玛雅说，"请您让我嫁给他吧！"巨神说：

"不行！你不能嫁给凡人，如果你执意嫁给

他，我就把你变成稻草！""父亲，即使变

成稻草，只要能留在他的身边，我也愿

意！"玛雅坚定地说。

巨神果真把玛雅变成了稻草，但是当

他看到小伙子悲伤地搂着变成稻草的玛

yǎ shí jù shén hòu huǐ le kě shì bǎ mǎ yǎ zài biàn huí lai yǐ
雅时，巨神后悔了，可是把玛雅再变回来已

jīng bù kě néng le yú shì jù shén zhǐ hǎo bǎ xiǎo huǒ zi yě
经不可能了。于是，巨神只好把小伙子也

biàn chéng le dào cǎo
变成了稻草。

liǎng kē dào cǎo xiāng hù wēi yī zhe zài měi lì de shān pō
两棵稻草相互偎依着，在美丽的山坡

shang suí fēng piāo wǔ
上随风飘舞。

成长对话

巨神为什么要把玛雅变成稻草？你觉得变成了稻草的玛雅和小伙子生活得幸福吗？

鱼 姑 娘

　　gǔ shí hou　　yǒu yí gè gū niang　　yóu yú chī le yì tiáo qí
　　古 时 候，有 一 个 姑 娘，由 于 吃 了 一 条 奇

guài de yú　　zì jǐ yě biàn chéng le yì tiáo yú
怪 的 鱼，自 己 也 变 成 了 一 条 鱼。

　　tā shāng xīn de zài dà hǎi li yóu lái yóu qù　　tā xiǎng niàn mǔ
　　她 伤 心 地 在 大 海 里 游 来 游 去，她 想 念 母

qīn sī niàn jiā xiāng　　yì qún yú jiù bǎ tā dài dào le hǎi zhōng
亲、思 念 家 乡，一 群 鱼 就 把 她 带 到 了 海 中

de nǚ wáng nà lǐ　　yú gū niang xiàng nǚ wáng jiǎng shù le zì jǐ
的 女 王 那 里，鱼 姑 娘 向 女 王 讲 述 了 自 己

de zāo yù nǚ wáng shuō wǒ yuán shì rén jiān de gōng zhǔ jiù
的遭遇。女王说：“我原是人间的公主，就
zài wǒ hé wáng zǐ jǔ xíng hūn lǐ qián mó wáng tōu zǒu le wǒ de
在我和王子举行婚礼前，魔王偷走了我的
wáng guàn bǎ wǒ biàn chéng le yú méi yǒu wáng guàn wǒ yí
王冠，把我变成了鱼。没有王冠，我一
bèi zi dōu huí bu dào lù dì shang le yú gū niang méi xiǎng dào
辈子都回不到陆地上了。”鱼姑娘没想到
hǎi zhōng nǚ wáng de shēn shì rú cǐ qī cǎn biàn jué dìng bāng zhù
海中女王的身世如此凄惨，便决定帮助
nǚ wáng zhǎo huí wáng guàn
女王找回王冠。

nǚ wáng cì gěi yú gū niang
女王赐给鱼姑娘
yì zhǒng wú biān de fǎ lì ràng tā
一种无边的法力，让她
xiǎng biàn chéng shén me jiù néng biàn chéng shén me yú gū niang biàn
想变成什么就能变成什么。鱼姑娘变
chéng yì zhī xiǎo lù lái dào le yí piàn sēn lín qià qiǎo wáng zǐ
成一只小鹿来到了一片森林。恰巧王子
zài cǐ dǎ liè xiǎo lù biàn bǎ zhēn xiāng gào sù le wáng zǐ wáng
在此打猎，小鹿便把真相告诉了王子，王
zǐ fēi cháng jīng yà yú gū niang yòu biàn chéng mǎ
子非常惊讶。鱼姑娘又变成蚂
yǐ pá jìn le mó wáng de gōng diàn li bǎ
蚁爬进了魔王的宫殿里，把
wáng guàn tōu le chū lái bìng huán gěi le hǎi
王冠偷了出来，并还给了海
zhōng nǚ wáng nǚ wáng dài shàng wáng guàn lì
中女王。女王戴上王冠，立
jí jiù biàn chéng le yí gè měi lì de gū niang ér
即就变成了一个美丽的姑娘，而

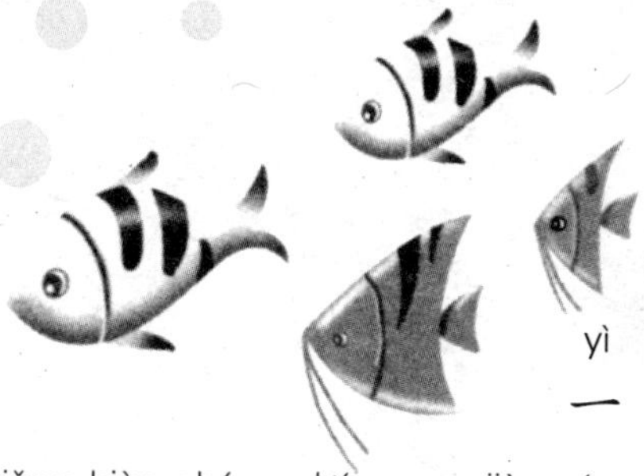

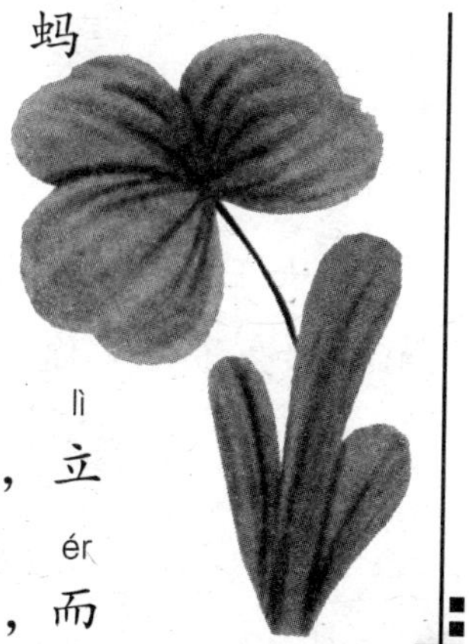

yú gū niang yě biàn huí le yuán lái de mú yàng　yóu yú tā lè yú
鱼姑娘也变回了原来的模样，由于她乐于

zhù rén de pǐn zhì　tā biàn de bǐ yǐ qián gèng piào liang le
助人的品质，她变得比以前更漂亮了。

nǚ wáng hé wáng zǐ jǔ xíng le shèng dà de hūn lǐ　zài hūn
女王和王子举行了盛大的婚礼，在婚

lǐ shang yú gū niang shòu dào le tā men de rè qíng kuǎn dài
礼上鱼姑娘受到了他们的热情款待。

成长对话

　　女王赐给鱼姑娘一种什么法力呢？鱼姑娘又为什么会变得比以前更漂亮了呢？你有答案吗？

织 女

cóng qián yǒu yí gè xiǎo huǒ zi qǔ le yí wèi gū niang míng
从前，有一个小伙子娶了一位姑娘，名
jiào zhī nǚ xiǎo huǒ zi hěn ài tā zhī nǚ huà le yì zhāng zì
叫织女。小伙子很爱她，织女画了一张自
jǐ de huà xiàng sòng gěi le xiǎo huǒ zi xiǎo huǒ zi gàn huór
己的画像，送给了小伙子。小伙子干活儿
lèi le xiū xi shí jiù kàn zhe guà zài shù zhuāng shang de huà xiàng
累了休息时，就看着挂在树桩上的画像。
yì tiān tū rán qǐ le yí zhèn fēng bǎ huà xiàng chuī zǒu le huà
一天，突然起了一阵风，把画像吹走了。画
xiàng piāo dào wáng gōng bèi hūn yōng de guó wáng
像飘到王宫，被昏庸的国王
kàn jiàn le guó wáng cóng lái méi jiàn guo
看见了。国王从来没见过

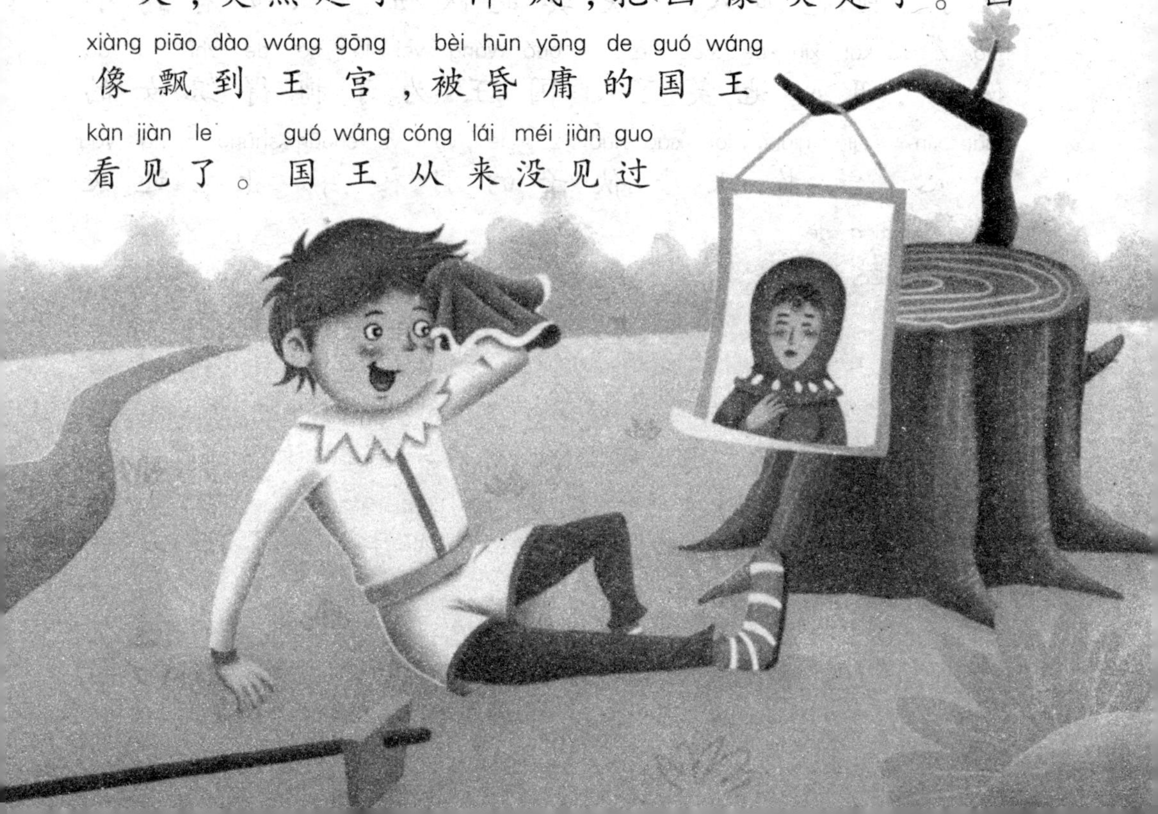

rú cǐ měi lì de nǚ zǐ yú shì xià lìng zài quán guó xún zhǎo huà
如此美丽的女子，于是下令在全国寻找画

xiàng zhōng de nǚ zǐ zuì zhōng wèi bīng zhǎo dào le zhī nǚ bǎ
像中的女子。最终，卫兵找到了织女，把

tā dài dào le wáng gōng lín xíng shí zhī nǚ gào su xiǎo huǒ zi
她带到了王宫。临行时，织女告诉小伙子：

zài guó wáng jǔ xíng qìng diǎn shí nǐ jiù chuān zhe wǒ gāng zhī hǎo
“在国王举行庆典时，你就穿着我刚织好

de yǔ yī lái jiàn wǒ ba
的羽衣来见我吧！”

guó wáng jiàn le zhī nǚ hěn kāi xīn dàn zhī nǚ què yì zhí běng
国王见了织女很开心，但织女却一直绷

zhe liǎn yú shì guó wáng dǎ suàn jǔ xíng yí cì qìng diǎn hǎo
着脸。于是，国王打算举行一次庆典，好

ràng zhī nǚ gāo xìng zài qìng diǎn shí xiǎo huǒ zi chuān zhe yǔ yī
让织女高兴。在庆典时，小伙子穿着羽衣

lái le tā yě jiā rù le qìng diǎn de duì wu zhī nǚ kàn dào xiǎo
来了，他也加入了庆典的队伍。织女看到小

huǒ zi kāi xīn de xiào le guó wáng wèi le bó de zhī nǚ de
伙子，开心地笑了。国王为了博得织女的

huān xīn jiù qiǎng lái xiǎo huǒ zi de yǔ yī chuān shàng hái yòu
欢心，就抢来小伙子的羽衣穿上，还又

chàng yòu tiào de
唱又跳的。

cān jiā qìng diǎn de rén men lèi de jīng pí
参加庆典的人们累得精疲

lì jìn yě méi yǒu bó de zhī nǚ yí xiào ér
力尽也没有博得织女一笑，而

chuān yǔ yī de rén què bó de le zhī nǚ de
穿羽衣的人却博得了织女的

xiào shēng tā men hěn shēng qì jiù bǎ chuān yǔ yī
笑声。他们很生气，就把穿羽衣

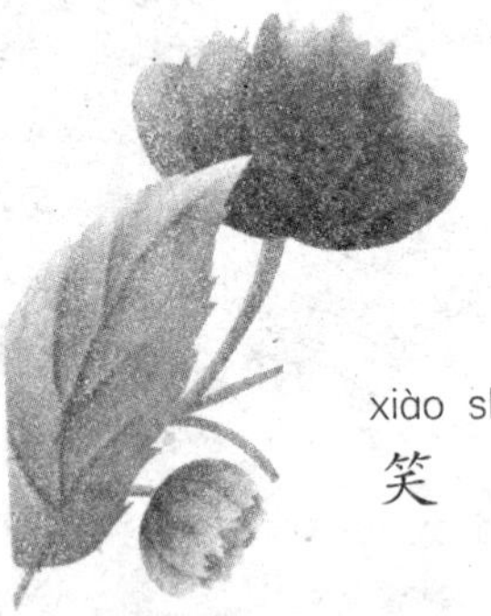

de guó wáng cǎi sǐ le
的 国 王 踩 死 了 。

qín láo pǔ shí de xiǎo huǒ zi yòu kě yǐ hé zhī nǚ zài yì qǐ
勤 劳 朴 实 的 小 伙 子 又 可 以 和 织 女 在 一 起

le   tā men shǒu wǎn zhe shǒu gāo gāo xìng xìng de huí jiā le
了 ，他 们 手 挽 着 手 高 高 兴 兴 地 回 家 了 。

成长对话

国王最后被人们给踩死了，但是他为什么会被踩死呢？你能知道其中的原因吗？

丹丹的围巾

dān dan shì ge ài měi de nǚ háir tā shí fēn xǐ huan mā
丹丹是个爱美的女孩儿，她十分喜欢妈
ma gěi tā mǎi de xīn wéi jīn yīn wèi nà tiáo wéi jīn jì nuǎn huo yòu
妈给她买的新围巾，因为那条围巾既暖和又
piào liang kě shì méi guò jǐ tiān nà tiáo wéi jīn jiù bú jiàn le
漂亮。可是没过几天，那条围巾就不见了，
dān dan shāng xīn jí le
丹丹伤心极了。

mā ma zhī dào hòu jiù pī píng dān dan shuō bà ba mā ma
妈妈知道后，就批评丹丹说："爸爸妈妈
měi tiān gōng zuò dōu hěn xīn kǔ nà tiáo wéi jīn
每天工作都很辛苦，那条围巾
shì yòng bà ba mā ma de hán shuǐ huàn lái
是用爸爸妈妈的汗水换来
de nǐ zhè yā tóu yì diǎnr
的，你这丫头，一点
dōu bù dǒng shì nǐ
儿都不懂事，你
yǐ hòu dài shén me shàng
以后戴什么上
xué a
学啊！"

dān dan tīng hòu dī
丹丹听后，低
zhe tóu kū le
着头哭了。

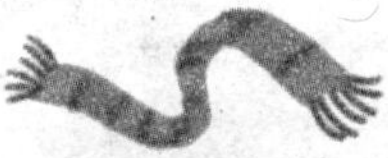

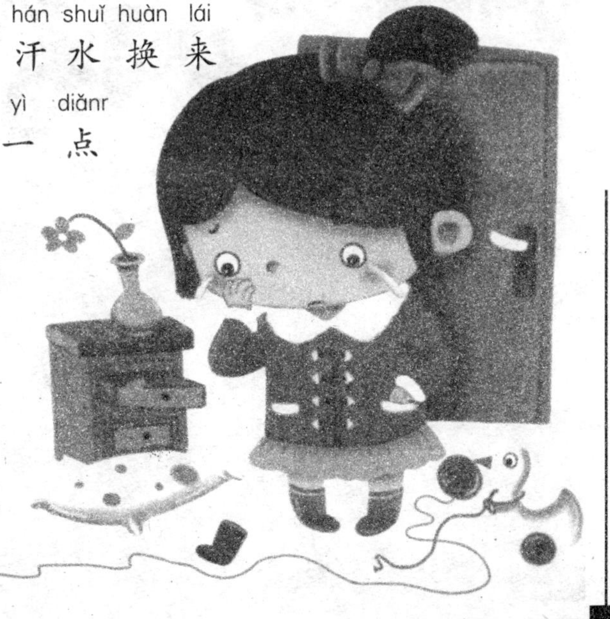

一个周末，丹丹什么也没围就跑到院子里逗小狗去了，妈妈怕她冷，就拿着给丹丹新买的帽子来到院子里。突然，她听见丹丹在模仿大人的样子说话："你知道这条围巾多少钱吗？爸爸妈妈得付出多少劳动啊？"

妈妈走近一看，发现丹丹正在教训小狗，原来是小狗把丹丹的围巾叼走，并铺到了自己的窝里，

难怪丹丹这么生气。妈妈知道错怪了丹丹，就向丹丹道了歉。然

hòu dān dan hé mā ma zhǎo lái le yí gè zhú kuāng　bìng zài zhú kuāng
后丹丹和妈妈找来了一个竹筐，并在竹筐

li pū shàng le dān dan de jiù yī fu　zhè yàng　xiǎo gǒu yě bù
里铺上了丹丹的旧衣服，这样，小狗也不

lěng le
冷了。

成长对话

　　你在平时有没有体谅过父母的艰辛呢？在读完这个故事之后，你打算要怎样对待父母呢？

小红和小紫

jīn niú shān xià zhù zhe yí duì qín láo de jiě mèi xiǎo hóng hé
金牛山下住着一对勤劳的姐妹：小红和
xiǎo zǐ yì tiān jiě mèi liǎ zài shàng shān tú zhōng jiǎn dào le yí
小紫。一天，姐妹俩在上山途中捡到了一
gè yín zi zuò chéng de lǎ ba xiǎo hóng shuō
个银子做成的喇叭。小红说：
zhè lǎ ba hěn hǎo wánr kě shì wǒ men bù
“这喇叭很好玩儿，可是我们不
néng yào xiǎo zǐ shuō duì
能要。”小紫说：“对，
yīng gāi bǎ tā hái gěi shī zhǔ
应该把它还给失主。”
jiě mèi liǎ yì biān kǎn chái yì biān
姐妹俩一边砍柴一边
děng shī zhǔ guò le hěn jiǔ
等失主。过了很久，

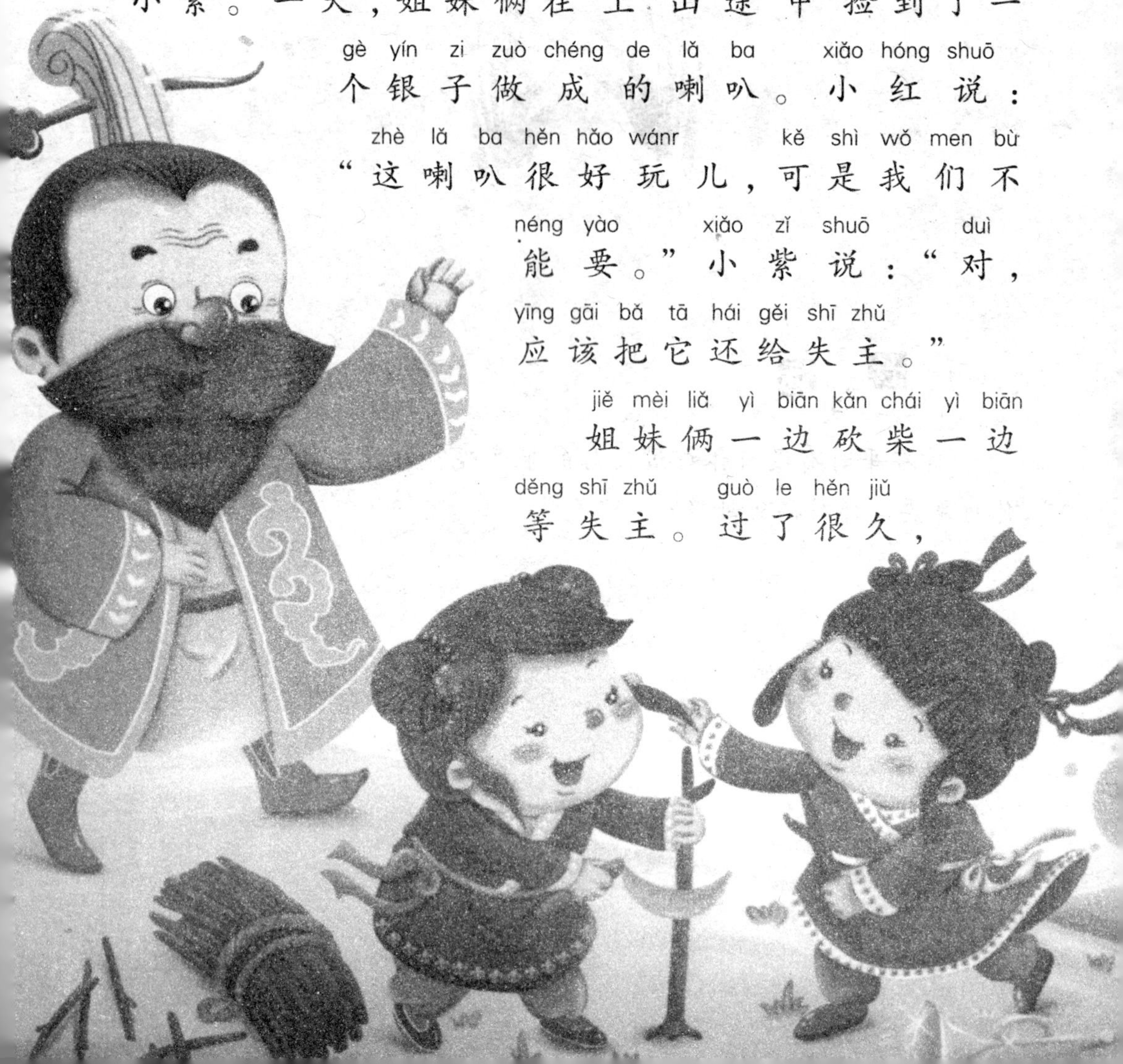

lái le yí gè lǎo yé ye xiǎo hóng shàng qián wèn dào lǎo yé
来了一个老爷爷。小红上前问道：“老爷
ye nín shì bu shì diū le shén me dōng xi ya lǎo yé ye
爷，您是不是丢了什么东西呀？”老爷爷
shuō shì ya wǒ diū le yì zhī zhēn guì de yín lǎ ba xiǎo
说：“是呀，我丢了一只珍贵的银喇叭。”小
zǐ ná chū lǎ ba ràng lǎo yé ye kàn shì zhè ge ma nín ná
紫拿出喇叭让老爷爷看：“是这个吗？您拿
huí qù ba zhēn shi chéng shí de hǎo hái zi wǒ jiù bǎ zhè
回去吧！”“真是诚实的好孩子，我就把这
ge lǎ ba sòng gěi nǐ men le lǎo yé ye hái gào su tā men
个喇叭送给你们了。”老爷爷还告诉她们：
jīn niú shān li cáng zhe tóu jīn niú ér yín lǎ ba jiù shì
金牛山里藏着100头金牛，而银喇叭就是
dǎ kāi jīn niú shān de yào shi lǎo rén dīng zhǔ tā men yào zài tài
打开金牛山的钥匙，老人叮嘱她们要在太
yáng chū lái qián bǎ jīn niú qiān chu lai fǒu zé jiù chū bu lái le
阳出来前把金牛牵出来，否则就出不来了。

dì èr tiān jiě mèi liǎ dài zhe xiāng qīn men lái dào le shān
第二天，姐妹俩带着乡亲们来到了山
dòng qián tā liǎ chuī xiǎng lǎ ba dǎ kāi le shān dòng suí hòu zǒu
洞前，她俩吹响喇叭打开了山洞，随后走
jìn dòng li tā men ràng xiāng qīn men qiān niú
进洞里，她们让乡亲们牵牛。
dāng qiān wán dì tóu niú shí tài yáng jiù
当牵完第99头牛时，太阳就
yào chū lái le zhè shí dì tóu niú qiǎ
要出来了。这时，第100头牛卡
zài le dòng kǒu rén men zhǐ lā chū le yì tiáo
在了洞口，人们只拉出了一条
niú wěi ba jiě mèi liǎ bèi guān zài le dòng
牛尾巴，姐妹俩被关在了洞

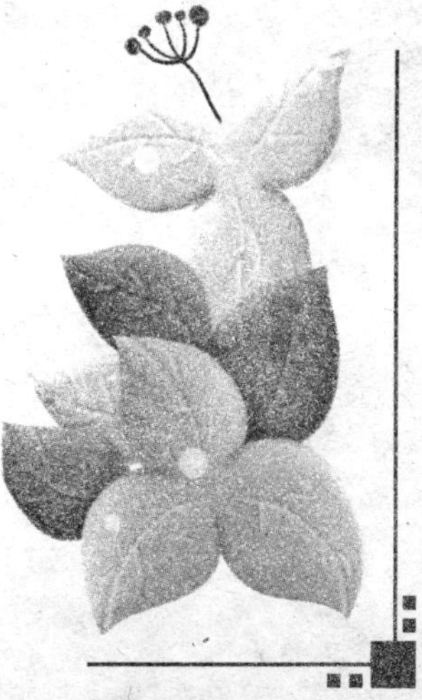

zhōng　　　rén men dōu hěn shāng xīn　　hòu lái niú wěi ba jìng biàn chéng
中。人们都很伤心，后来牛尾巴竟变成

le téng màn　　téng màn shang kāi chū le liǎng duǒ xiǎo huā　　rén men
了藤蔓，藤蔓上开出了两朵小花。人们

wèi le　jì niàn chéng shí　qín láo de jiě mèi liǎ　jiù dōu lái cǎi huā
为了纪念诚实、勤劳的姐妹俩，就都来采花

zǐ　jiāng huā zhǒng dào le zì jǐ jiā li
籽，将花种到了自己家里。

成长对话

　　小红和小紫用喇叭帮助了村子里穷苦的人们，但她们却因此失去了生命。你认为她们这样做是不是很伟大呢？

红心果

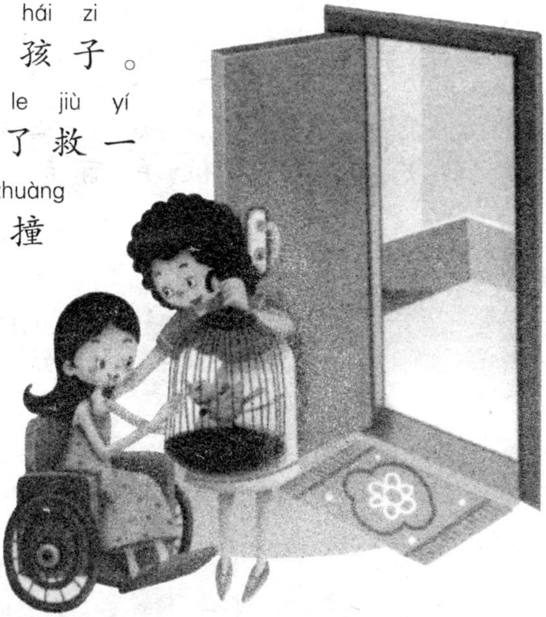

lè le shì ge shàn liáng de hái zi
乐乐是个善良的孩子。
yí cì tā guò mǎ lù shí wèi le jiù yí
一次，她过马路时，为了救一
gè xiǎo huǒ bàn ér bèi qì chē zhuàng
个小伙伴而被汽车撞
duàn le tuǐ cóng cǐ lè le zhǐ
断了腿，从此乐乐只
néng zuò zài lún yǐ shang shēng huó
能坐在轮椅上生活
le dàn shì lè le yì diǎnr
了。但是乐乐一点
dōu bú yuàn tiān yóu rén
儿都不怨天尤人，
tā hái shi hé yǐ qián yí yàng lè guān kāi lǎng
她还是和以前一样乐观、开朗。

yì tiān mā ma gěi lè le dài hui lai yì zhī piào liang de bǎi
一天，妈妈给乐乐带回来一只漂亮的百
líng niǎo bǎi líng niǎo zài lǒng zi li yòu jiào yòu tiào lè le suī
灵鸟。百灵鸟在笼子里又叫又跳。乐乐虽
rán hěn xǐ huan zhè zhī bǎi líng niǎo dàn hái shi bǎ tā fàng zǒu le
然很喜欢这只百灵鸟，但还是把它放走了。
bǎi líng niǎo wéi zhe lè le fēi le jǐ juàn biàn zǒu le lè le kàn
百灵鸟围着乐乐飞了几圈便走了。乐乐看
dào bǎi líng niǎo zài tiān kōng zhōng zì yóu de fēi xiáng tā hěn
到百灵鸟在天空中自由地飞翔，她很

kāi xīn
开心。

guò le jǐ tiān   lè le fā xiàn chuāng wài zhǎng chū le yì kē
过了几天，乐乐发现窗外长出了一棵

měi lì de shù   zhè shì shéi zāi de ne   zhěng gè bái tiān   tā
美丽的树。这是谁栽的呢？整个白天，她

dōu méi yǒu kàn dào yǒu rén lái dào chuāng wài   děng dào wǎn shang
都没有看到有人来到窗外。等到晚上，

lè le fā xiàn le yì zhī bǎi líng niǎo luò dào le nà kē shù shang
乐乐发现了一只百灵鸟落到了那棵树上，

rán hòu huà zuò yí wèi měi lì de xiān nǔ   gěi shù shī féi jiāo shuǐ
然后化作一位美丽的仙女，给树施肥浇水。

yuán lái   nà zhī bǎi líng niǎo shì xiān
原来，那只百灵鸟是仙

nǔ biàn de
女变的。

méi guò jǐ tiān   shù shang jiù kāi
没过几天，树上就开

le yì duǒ hóng sè de huā
了一朵红色的花，

jie le yí gè hóng
结了一个红

sè de guǒ zi   xíng
色的果子，形

zhuàng jiù xiàng xīn yí
状就像心一

yàng   yì tiān wǎn
样。一天晚

shang   xiān nǔ gào
上，仙女告

su lè le   nà
诉乐乐："那

kē shù shì ài xīn shù　tā zhǐ zhǎng zài shàn liáng rén de chuāng wài
棵树是爱心树，它只长在善良人的窗外。

shù shang de guǒ zi shì hóng xīn guǒ　yě zhǐ yǒu shàn liáng de rén cái
树上的果子是红心果，也只有善良的人才

néng xiǎng yòng　　shuō wán　xiān nǚ bǎ hóng xīn guǒ dì gěi le
能享用！"说完，仙女把红心果递给了

lè le
乐乐。

lè le chī le yì kǒu　tā de tuǐ mǎ shang jiù néng dòng le
乐乐吃了一口，她的腿马上就能动了。

dàn tā zhǐ chī le yì kǒu jiù bù chī le　yīn wèi tā xiǎng bǎ shèng
但她只吃了一口就不吃了，因为她想把剩

xià de guǒ zi liú gěi gèng xū yào tā de rén
下的果子留给更需要它的人。

乐乐的腿是因为什么而被撞断的？如果你也有一个红心果，你

想把它送给谁？

大石头妈妈

zài yí gè qíng lǎng de zǎo chen yì zhī niǎo bǎ yì kē sōng
在一个晴朗的早晨，一只鸟把一颗松
zǐ liú zài le xuán yá shang xiǎo sōng zi kàn zhe xuán yá xià miàn
子留在了悬崖上。小松子看着悬崖下面
de xiōng dì jiě mèi men dōu yǒu féi wò de tǔ rǎng xīn li hěn bú
的兄弟姐妹们都有肥沃的土壤，心里很不
shì zī wèir zhè shí xuán yá shang de dà shí tou shuō jì
是滋味儿。这时悬崖上的大石头说：“既
rán nǐ yǐ jīng dào le xuán yá shang jiù yào miàn duì zhè lǐ de yí
然你已经到了悬崖上，就要面对这里的一
qiè xiǎo sōng zǐ zài dà shí tou páng biān pīn mìng de zā gēn shēng
切！”小松子在大石头旁边拼命地扎根生
zhǎng jiàn jiàn de zhǎng chéng le xiǎo sōng shù yù dào kuáng fēng bào
长，渐渐地长成了小松树，遇到狂风暴
xuě de tiān qì xiǎo sōng shù jiù duǒ zài dà shí tou de
雪的天气，小松树就躲在大石头的
hòu miàn
后面。

rì zi yì tiān tiān guo qù le xuán yá
日子一天天过去了，悬崖
xià miàn de sōng shù dōu zhǎng de hěn gāo
下面的松树都长得很高
le kě xuán yá shàng miàn de xiǎo sōng shù
了，可悬崖上面的小松树
què gāng gāng zhǎng dào hé dà shí tou yí yàng
却刚刚长到和大石头一样

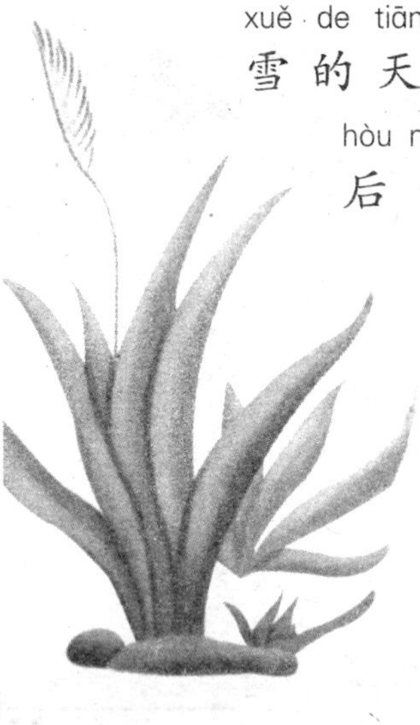

gāo xiǎo sōng shù shuō wǒ bù xiǎng zài zhǎng le méi yǒu le
高。小松树说：“我不想再长了，没有了

nǐ de bǎo hù wǒ huì bèi kuáng fēng chuī duàn de dà shí tou
你的保护，我会被狂风吹断的”。大石头

shuō nǐ bú yào hài pà rú guǒ nǐ yì zhí duǒ zài wǒ de hòu
说：“你不要害怕，如果你一直躲在我的后

miàn nà jiù yǒng yuǎn yě kàn bu dào nǐ qián miàn de fēng jǐng
面，那就永远也看不到你前面的风景

le xiǎo sōng shù tīng le jiù shǐ jìnr xiàng shàng tǐng le tǐng
了。”小松树听了，就使劲儿向上挺了挺

shēn zi yā zhēn shi bù gǎn xiāng xìn lián mián qǐ fú de shān
身子。呀！真是不敢相信，连绵起伏的山

mài yún wù liáo rào de měi jǐng ràng xiǎo sōng shù táo zuì jí le zhè
脉，云雾缭绕的美景让小松树陶醉极了。这

shí zài xuán yá xià miàn lǚ yóu de rén gāo shēng
时，在悬崖下面旅游的人高声

shuō dào nǐ men kuài kàn a xuán
说道：“你们快看啊！悬

yá shang de nà kē sōng shù zhǎng
崖上的那棵松树长

de duō piào liang a
得多漂亮啊！”

zhè shí xiǎo sōng shù
这时小松树

zhōng yú míng bai le yuán
终于明白了，原

lái dà shí tou de qián miàn
来大石头的前面

chú le měi lì de fēng jǐng
除了美丽的风景

wài hái yǒu zì jǐ de rén
外，还有自己的人

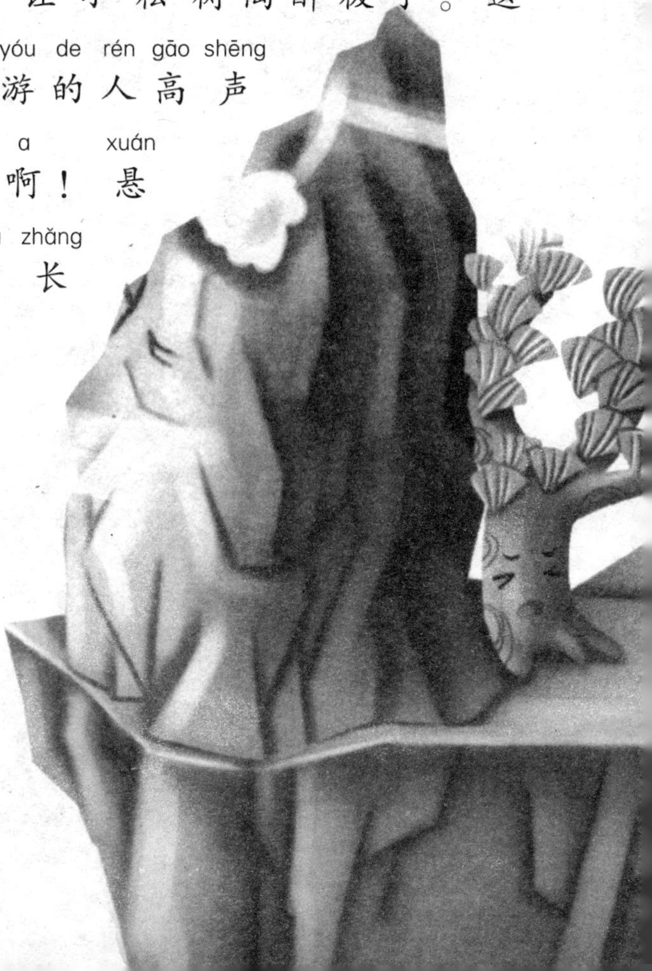

shēng 。 kàn zhe wài miàn měi lì de shì jiè xiǎo sōng shù gāo xìng jí
生 。 看 着 外 面 美 丽 的 世 界 ， 小 松 树 高 兴 极

le tā yǒng yuǎn yě bú huì wàng jì dà shí tou mā ma gěi tā de
了 。 它 永 远 也 不 会 忘 记 大 石 头 妈 妈 给 它 的

gǔ wǔ hé yǒng qì
鼓 舞 和 勇 气 。

成长对话

　　没有阳光雨露的滋润，没有大石头妈妈的保护，便没有小松树。
孩子们，我们一定要记住那些在我们成长的道路上默默地关心、帮助
我们的人。

莫莉的好朋友

莫莉是一个美丽的小女孩，她唯一的好朋友就是她的布娃娃。这个长着金黄色头发和蓝色眼睛的娃娃会说话，而且只和莫莉一个人说话。

"给我讲一个月亮的故事吧。"莫莉对她的朋友说。

于是，布娃娃告诉莫莉，月亮之所以有时圆、有时弯，是因为天上有一个天狗，它饿的时候，就会把月亮的脸啃掉半边，可是它又咽不下去，最后只得又吐出来。

"那太阳是什么呢？"小莫莉又问，"太阳，那是一个暖烘烘的金色圆球。""黑夜是怎么回事呢？""黑夜就是一匹黑色的马，当太阳落山的时候，它就在天上奔跑，太阳出来了，它才回家睡觉。"

"大海是什么样子的？""大海是用蓝色玻璃做成的城市，里面住着好多好多的鱼……"

"那莫莉呢？莫莉是谁？""莫莉是一个贪吃贪睡的小懒猫！"

"哈哈哈，莫莉就是我

啊，你说我是小懒猫！我可饶不了你。"

就这样，布娃娃陪伴着莫莉度过了美好的童年。

现在，莫莉已经长成一个大姑娘了，布娃娃也不再说话了，因为她只愿意和小孩子说话……

成长对话

布娃娃陪伴莫莉度过了美好的童年。你的童年生活中也一定有很多好朋友，也发生过很多有意思的事情。你还能记起来吗？

女将军

cóng qián yǒu ge guó
从前有个国
wáng tā méi yǒu ér zi zhǐ
王，他没有儿子，只
yǒu sān ge nǚ ér nǚ ér
有三个女儿，女儿
men dōu hěn cōng míng měi lì yě dōu
们都很聪明美丽，也都
hěn xiào shùn guó wáng guó wáng hé nǚ
很孝顺国王，国王和女
ér men shēng huó de hěn kāi xīn
儿们生活得很开心。

yì tiān guó wáng dú zì zhàn zài huā yuán li xiǎn de hěn yōu
一天，国王独自站在花园里，显得很忧
chóu sān ge gōng zhǔ lái le jiàn dào fù qīn zhè yàng biàn wèn
愁。三个公主来了，见到父亲这样，便问：
qīn ài de fù qīn nín zěn me bù gāo xìng ne shì wǒ men rě
"亲爱的父亲，您怎么不高兴呢？是我们惹
nín shēng qì le ma wǒ qīn ài de nǚ ér men wǒ yí kàn
您生气了吗？""我亲爱的女儿们，我一看
dào nǐ men jiù yì diǎnr yōu chóu dōu méi le guó wáng kàn zhe
到你们，就一点儿忧愁都没了。"国王看着
nǚ ér men liǎn shang lù chū le xiào róng
女儿们，脸上露出了笑容。

可是接下来的几天，国王仍旧是一副心事重重的样子。三个公主很想帮父亲分担忧愁，便又问父亲："亲爱的父亲，您一定有什么事情藏在心里不愿说出来。您知道，我们那么爱您，很愿意分担您的忧愁，如果我们能为您做些什么的话，请您告诉我们。"

国王叹口气说："孩子们，我们安定美好的生活可能快结束了。由于邻国蓄意侵犯我们的国家，我们马上就要陷入战火之中了。"

"那为什么我们不积极备战呢？"

"孩子们，我从来都没有打过仗，而且也没有一位将军可用，如果你们当中有一个是儿子的话，就可以当

将军了。"

dà gōng zhǔ shuō fù qīn jiù ràng wǒ dāng jiāng jūn dài bīng
大公主说："父亲，就让我当将军带兵
qù dǎ zhàng ba
去打仗吧！"

bù xíng zhè bú shì yí gè nǚ rén yīng gāi zuò de shì qing
"不行，这不是一个女人应该做的事情。"

jiù ràng wǒ qù bā fù qīn wèi le nín wèi le guó jiā
"就让我去巴，父亲，为了您，为了国家，
nín jiù ràng wǒ shì shi ba
您就让我试试吧！"

guó wáng wú nài de diǎn dian tóu shuō dào hǎo ba dàn shì
国王无奈地点点头，说道："好吧，但是
dāng jiāng jūn jiù bù néng zài xiàng nǚ rén yí yàng rú guǒ nǐ zài xíng
当将军就不能再像女人一样，如果你在行
jūn zhōng jiǎng nǚ rén de shì nà me nǐ jiù huí lái ba
军中讲女人的事，那么你就回来吧！"

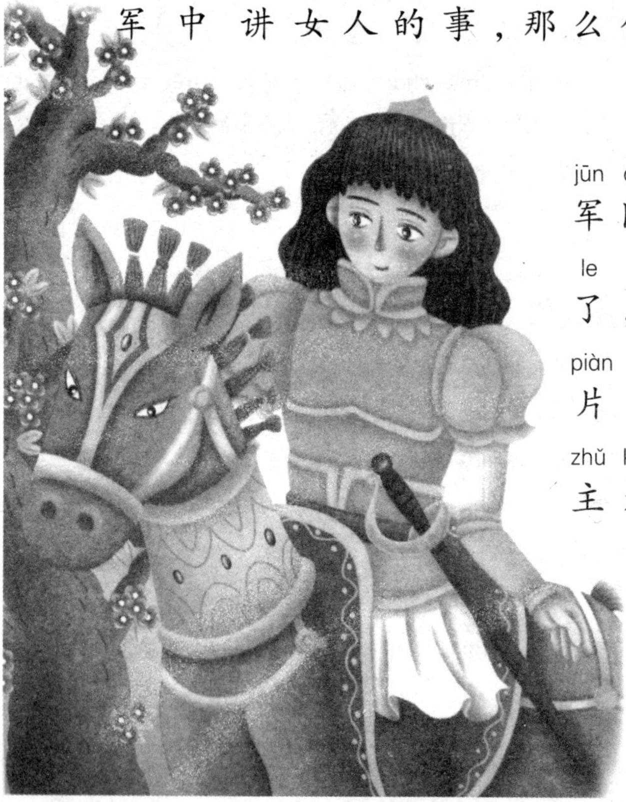

dà gōng zhǔ dài zhe
大公主带着
jūn duì xiàng biān jìng jìn fā
军队向边境进发
le tā men jīng guò yí
了，他们经过一
piàn táo lín shí dà gōng
片桃林时，大公
zhǔ kàn jiàn zhè me duō měi
主看见这么多美
lì de táo huā bù
丽的桃花，不
jìn shuō dào hǎo
禁说道："好
měi de táo huā yào
美的桃花，要

shi néng zhāi yì duǒ chā zài tóu shang kěn dìng hǎo kàn jí le suí
是能摘一朵插在头上，肯定好看极了。”随
jūn de guó wáng de xīn fù xià lìng jūn duì tíng zhǐ qián jìn jiù zhè
军的国王的心腹下令军队停止前进，就这
yàng dà gōng zhǔ zhǐ hǎo huí qù le
样，大公主只好回去了。

èr gōng zhǔ yě qǐng mìng qù dāng jiāng jūn guó wáng yě tóng yì
二公主也请命去当将军，国王也同意
le bìng tí chū le tóng yàng de yāo qiú tā men jīng guò yí piàn
了，并提出了同样的要求。他们经过一片
lì zi lín shí èr gōng zhǔ zì yán zì yǔ dào zhè me hǎo de
栗子林时，二公主自言自语道：“这么好的
lì zi shù yào shì néng kǎn yì kē zuò shā dìng zài hǎo bú guò
栗子树，要是能砍一棵做纱锭再好不过
le jié guǒ èr gōng zhǔ yě bù dé bù huí gōng qu le
了。”结果，二公主也不得不回宫去了。

xiǎo gōng zhǔ yě yào qù dāng jiāng jūn dǎ zhàng guó wáng bú yuàn
小公主也要去当将军打仗，国王不愿
yì ràng tā qù kě shì xiǎo gōng zhǔ shuō fù qīn bú ràng wǒ
意让她去，可是小公主说：“父亲，不让我
shì shi nín zěn me zhī dào wǒ bù xíng ne
试试，您怎么知道我不行呢？”
guó wáng dā ying le bìng qiě yě tí chū le tóng
国王答应了，并且也提出了同
yàng de tiáo jiàn
样的条件。

xiǎo gōng zhǔ chuān shang kuī jiǎ qí zhe jùn
小公主穿上盔甲，骑着骏
mǎ shuài lǐng jūn duì chū fā le dāng tā jīng guò
马率领军队出发了，当她经过
nà piàn měi lì de táo lín shí lián kàn dōu bú kàn
那片美丽的桃林时，连看都不看，

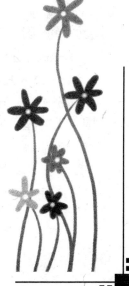

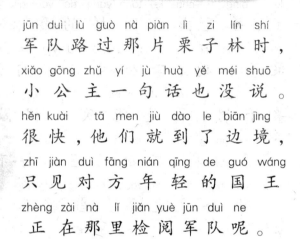

jūn duì lù guò nà piàn lì zi lín shí
军队路过那片栗子林时，

xiǎo gōng zhǔ yí jù huà yě méi shuō
小公主一句话也没说。

hěn kuài tā men jiù dào le biān jìng
很快，他们就到了边境，

zhī jiàn duì fāng nián qīng de guó wáng
只见对方年轻的国王

zhèng zài nà lǐ jiǎn yuè jūn duì ne
正在那里检阅军队呢。

xiǎo gōng zhǔ duì shǒu xià shuō ràng wǒ xiān qù hé
小公主对手下说："让我先去和

duì fāng de guó wáng tán tan ba
对方的国王谈谈吧！"

xiǎo gōng zhǔ yí gè rén zǒu jìn le nián qīng de guó wáng shuō
小公主一个人走近了年轻的国王，说：

guó wáng bì xià wǒ shì wǒ men guó jiā de jiāng jūn dài lǐng jūn
"国王陛下，我是我们国家的将军，带领军

duì lái tóng nín dǎ zhàng dàn shì wǒ xī wàng wǒ men néng gòu bì
队来同您打仗。但是我希望我们能够避

miǎn zhàn zhēng yīn wèi zhàn zhēng bì jiāng gěi rén men dài lái zāi
免战争，因为战争必将给人们带来灾

nán nín shì yì guó zhī jūn wǒ xiǎng nín yě bù xiǎng kàn dào nín de
难，您是一国之君，我想您也不想看到您的

子民遭受战争的残害吧！"小公主说这话时，美丽的脸上泛着桃红，声音是那么动听，国王竟然听得入迷了，从小公主的一言一行上，他猜测小公主是女扮男装。

国王现在一点儿也不想打仗了，他说："将军，你说得对，我们何必为了一点儿边界的问题就大动干戈呢，让我们坐下来好好儿谈谈吧！请到我的王宫里做客吧？"

小公主答应了，她来到了王宫。国王很想确定她的身份，便去请教母亲，老王后说："你可以带她去花园，如果她是个女孩儿，看见那么多的花，肯定会很高兴，眼睛里肯定会放出欣喜的光。"于是

国王带着小公主到了花园里，小公主显得很镇定，根本就不看那些漂亮的花朵。

无奈，国王又去请教母亲。老王后说："你在吃饭的时候提起你的未婚妻！""可是我没有未婚妻啊！""你只有这样，才能知道她是不是女孩儿！"

国王请小公主吃饭，席间，国王突然说道："对不起，我现在必须去一趟我的未婚妻那里！"小公主一听，脸立刻变白了，她马上告别了国王，回自己的国家去了。见到了父亲，她趴在父亲的肩头哭了起来。

"亲爱的女儿，你为我们国家赢得了和平，可你为什么不开心啊？"

"我赢得了和平，却丢掉了我的心！我爱上了对方的国王！"

就在这个时候，年轻的国王来到了王宫，他是来求亲的。小公主说："您不是有未婚妻吗？""亲爱的公主，我是故意这么说的，我只有这样说才能确定你是女孩儿啊！"

年轻的国王和公主结了婚，他们幸福地生活在了一起。两个国家也变成了和睦相处的友邦。

成长对话

小公主最终为她的国家赢得了和平，那么我们在做事情的时候是不是也会像她那样聪明、冷静呢？

青蛙公主与王子

é luó sī yǒu wèi guó wáng tā yǒu sān ge ér zi yì
俄罗斯有位国王，他有三个儿子。一
tiān guó wáng gěi tā men fēn bié fā le yì zhī jiàn ràng tā men
天，国王给他们分别发了一支箭，让他们
bǎ jiàn shè chu qu jiàn bèi nǎ ge gū niang jiǎn dào le wáng zǐ jiù
把箭射出去，箭被哪个姑娘捡到了，王子就
děi qǔ shéi wèi qī
得娶谁为妻。

gōng jué de nǚ ér sòng huí le lǎo dà de jiàn jiāng jūn de nǚ
公爵的女儿送回了老大的箭，将军的女
ér sòng huí le lǎo èr de jiàn yì zhī qīng wā bǎ lǎo sān de jiàn xián
儿送回了老二的箭，一只青蛙把老三的箭衔
le huí lái wú nài lǎo sān yī fán zhǐ hǎo qǔ qīng wā zuò qī zi
了回来。无奈，老三伊凡只好娶青蛙做妻子。

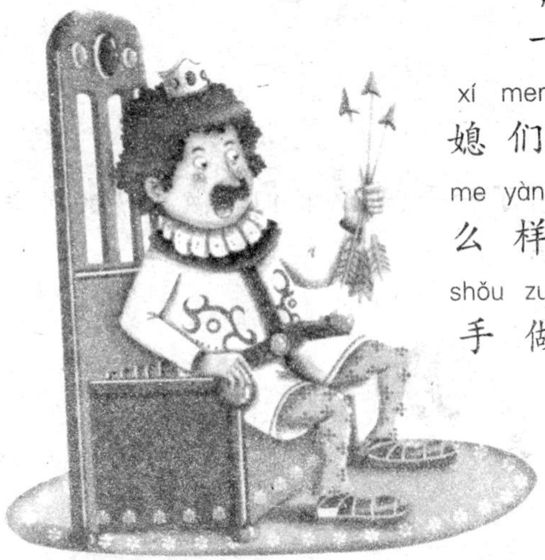

yí cì guó wáng yào kàn kan ér
一次，国王要看看儿
xí men de zhēn xiàn huór zuò de zěn
媳们的针线活儿做得怎
me yàng jiù ràng měi ge ér xí dòng
么样，就让每个儿媳动
shǒu zuò yí jiàn yī shang yè shēn
手做一件衣裳。夜深
rén jìng shí qīng wā gōng zhǔ zhī
人静时，青蛙公主织
chū le yí jiàn chèn shān dì
出了一件衬衫。第

èr tiān tā bǎ chèn shān xiàn gěi le guó wáng guó wáng jué de lǎo sān
二天她把衬衫献给了国王，国王觉得老三

qī zi de chèn shān zuò de zuì hǎo
妻子的衬衫做得最好。

guó wáng yào jǔ xíng wǔ huì qīng wā gōng zhǔ chèn méi rén shí
国王要举行舞会，青蛙公主趁没人时

tuō xià wā pí huàn shàng le huá lì de yī qún nà wǎn qīng wā
脱下蛙皮换上了华丽的衣裙。那晚，青蛙

gōng zhǔ hé yī fán wáng zǐ de wǔ zī yōu měi jí le guó wáng lián
公主和伊凡王子的舞姿优美极了，国王连

lián zàn tàn
连赞叹。

yī fán wáng zǐ duō me xī wàng zì jǐ de qī zi yǒng yuǎn dōu
伊凡王子多么希望自己的妻子永远都

shì rén a 是人啊。于是，不等舞会结束，他就跑回家

bǎ wā pí sī le 把蛙皮撕了。青蛙公主遗憾地对伊凡王子

shuō 说："再过三天我就永远都不用披蛙皮了，

nà shí wǒ jiù kě yǐ yǒng yuǎn zuò nǐ de qī zi le xiàn zài yí qiè 那时我就可以永远做你的妻子了，现在一切

quán bái fèi le shuō wán qīng wā gōng zhǔ jiù bú jiàn le 全白费了。"说完，青蛙公主就不见了。

yuán lái zhè zhī qīng wā shì yí wèi gōng zhǔ bú xìng zhòng le mó 原来这只青蛙是一位公主，不幸中了魔

fǎ bì xū pī wā pí mǎn sān ge yuè cái néng jiě chú mó fǎ 法，必须披蛙皮满三个月才能解除魔法。

yī fán wáng zǐ hěn hòu huǐ bù jiǔ tā jiù tā shàng le xún 伊凡王子很后悔，不久，他就踏上了寻

zhǎo qī zi de lǚ chéng 找妻子的旅程。

成长对话

王子和青蛙公主最后能在一起吗？赶快用你聪明的小脑瓜想一想，王子在寻找青蛙公主的途中又会遇到哪些困难呢？

林林的小柳枝

春天来了，林林在自家的花园里剪了一根柳枝，并把它带到了幼儿园。她把这根柳枝栽到了幼儿园的小花园里，还经常给它浇水、施肥。不久，小柳枝就吐出了嫩芽。

时间过得很快，一转眼，林林就要成为一年级的小学生了，在离开幼儿园前，林林还专程去和小柳树告别呢。小柳

shù zhǎng dà le yì xiē tā zài wēi fēng de chuī fú xià shū zhǎn zhe zì jǐ de yāo zhī hǎo xiàng shì zài xiàng xiǎo huǒ ban zhì yì lín lin duì xiǎo liǔ shù shuō wǒ yào lí kāi zhè lǐ le fàng xīn ba wáng lǎo shī huì zhào gù nǐ de wǒ yě huì xiǎng niàn nǐ de nǐ kě yào kuài diǎnr zhǎng dà a

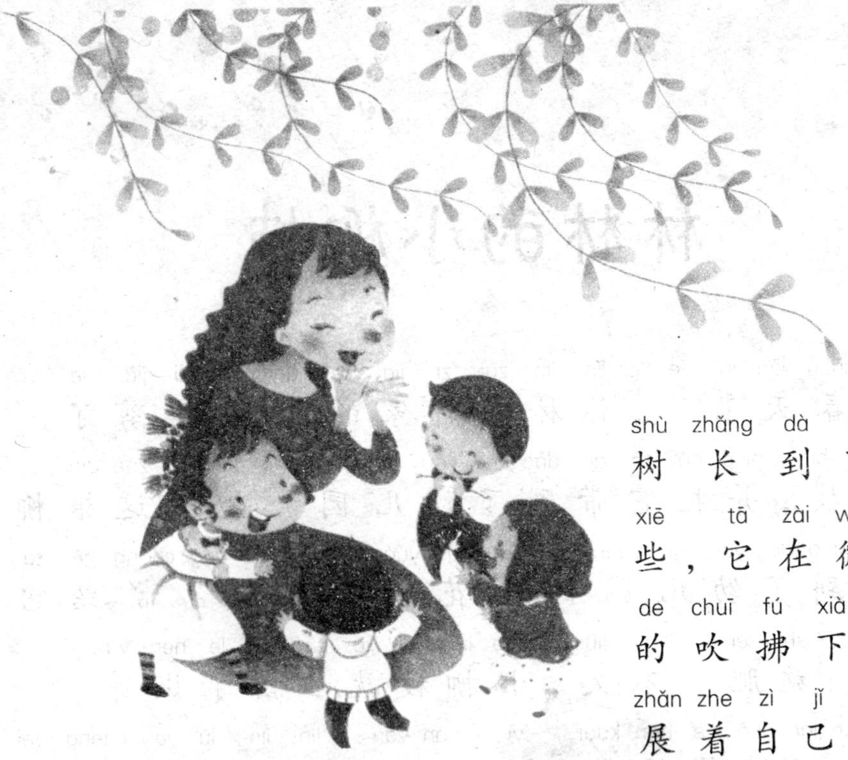

树长到了一些，它在微风的吹拂下，舒展着自己的腰肢，好像是在向小伙伴致意。林林对小柳树说：“我要离开这里了，放心吧，王老师会照顾你的，我也会想念你的，你可要快点儿长到啊。”

nián guò qù le lín lin dōu kuài xiǎo xué bì yè le yí cì tā ǒu rán jīng guò zì jǐ xiǎo shí hou shàng guo de yòu ér yuán jiù bù yóu zì zhǔ de zǒu le jìn qù yòu ér yuán li de biàn huà kě zhēn dà ya bú dàn xīn zēng le xǔ duō xīn de yóu lè shè shī jiù

5年过去了，林林都快小学毕业了，一次她偶然经过自己小时候上过的幼儿园，就不由自主地走了进去，幼儿园里的变化可真大呀，不但新增了许多新的游乐设施，就

lián zì jǐ céng jīng zāi zhòng de xiǎo liǔ shù yě
连 自 己 曾 经 栽 种 的 小 柳 树 也

yǐ jīng zhǎng chéng gāo dà de chuí liǔ le yǒu xǔ
已 经 长 成 高 大 的 垂 柳 了，有 许

duō de xiǎo péng yǒu zhèng zài shù xià wán lǎo yīng
多 的 小 朋 友 正 在 树 下 玩 老 鹰

zhuō xiǎo jī de yóu xì zhè shí wáng lǎo shī
捉 小 鸡 的 游 戏。这 时，王 老 师

kàn jiàn le lín lin tā gāo xìng de xiàng xiǎo péng yǒu men jiè shào
看 见 了 林 林，她 高 兴 地 向 小 朋 友 们 介 绍：

hái zi men zhè kē shù jiù shì zhè wèi xiǎo jiě jie zāi de wǒ
"孩 子 们，这 棵 树 就 是 这 位 小 姐 姐 栽 的，我

men jīng cháng zài shù xià wánr jīn tiān nǐ men xiǎng duì xiǎo jiě
们 经 常 在 树 下 玩 儿，今 天 你 们 想 对 小 姐

jie shuō diǎnr shén me ne
姐 说 点 儿 什 么 呢？"

xiè xie jiě jie hái zi men yòng zhì qì de tóng yīn qí
"谢 谢 姐 姐。"孩 子 们 用 稚 气 的 童 音 齐

shēng hǎn dào
声 喊 道。

zhè yí kè lín lin jué de xìng fú jí le
这 一 刻，林 林 觉 得 幸 福 极 了。

成长对话

　　林林栽下的小柳枝长大了，为小朋友们奉献了一片绿荫，这成了林林童年里一段美好的回忆。你的童年里都有哪些美好的记忆呢？

不睡觉的洋娃娃

这天，佳佳抱着洋娃娃和妈妈一起做公共汽车回家，已经很晚了，车上的人们都无精打采的。佳佳也是，就在她要睡着的时候，突然发现洋娃娃的眼睛还睁得大大的。佳佳想：还是先把洋娃娃哄睡了吧。于是佳佳就唱起了歌："小娃娃快睡觉，乖乖快睡觉……"身边的妈妈听了佳佳的歌，不一会儿就睡

zháo le　jǐn jiē zhe chē shang de rén yě dōu shuì zháo le　jiù lián
着了，紧接着车上的人也都睡着了，就连

sī jī dōu shuì zháo le　suǒ yǐ gōng gòng qì chē jiù tíng zài mǎ lù
司机都睡着了。所以公共汽车就停在马路

biān shang bú dòng le
边上不动了。

lù shang de rén bù zhī dào fā shēng le shén me shì qing dōu
路上的人不知道发生了什么事情，都

hěn dān xīn de xiàng chē nèi kàn　ò　yuán lái shì xiǎo nǚ hái zài
很担心地向车内看。哦！原来是小女孩在

hǒng yáng wá wa shuì jiào a　dàn yáng wá wa bìng méi shuì　ér xiǎo
哄洋娃娃睡觉啊。但洋娃娃并没睡，而小

nǚ hái ne　tā yǐ jīng shuì le　dàn shì tā hái chàng zhe gē ne
女孩呢，她已经睡了，但是她还唱着歌呢。

lù shang de rén bù rěn xīn jiāng tā jiào xǐng　yǒu yí ge ā yí
路上的人不忍心将她叫醒，有一个阿姨

jiù qiāo qiāo de jiāng yáng wá wa cóng chē li bào le chū lái　　yáng wá
就 悄 悄 地 将 洋 娃 娃 从 车 里 抱 了 出 来， 洋 娃

wa hěn kuài jiù shuì zháo le　　nà wèi ā yí yòu bǎ yáng wá wa fàng
娃 很 快 就 睡 着 了。 那 位 阿 姨 又 把 洋 娃 娃 放

dào le jiā jia de huái li　　zhè shí　　jiā jia xǐng le　　tā jiàn yáng
到 了 佳 佳 的 怀 里， 这 时， 佳 佳 醒 了， 她 见 洋

wá wa shuì le　　jiù gāo xìng de bǎ mā ma jiào xǐng　　shuō　　mā
娃 娃 睡 了。 就 高 兴 地 把 妈 妈 叫 醒， 说：" 妈

ma　yáng wá wa shuì le　　mā ma shuō　　tài hǎo le
妈， 洋 娃 娃 睡 了。" 妈 妈 说：" 太 好 了。"

zhè yàng yì lái　　chē shang de rén dōu xǐng le　　sī jī mǎ shàng
这 样 一 来， 车 上 的 人 都 醒 了， 司 机 马 上

fā dòng le qì chē　　lù shang de rén yě dōu sàn qù le
发 动 了 汽 车， 路 上 的 人 也 都 散 去 了。

jiā jia yì zhí zài xiǎng　　shì wǒ jiāng yáng wá wa hǒng shuì de ma
佳 佳 一 直 在 想， 是 我 将 洋 娃 娃 哄 睡 的 吗？

成长对话

　　大人们工作了一天都很辛苦，所以他们会睡着。你对这件事怎么想呢？读完这个故事，你打算如何帮助妈妈做家务呢？

钻石和盐

有个国王有两个女儿，大公主聪明漂亮，小公主虽然没有大公主漂亮，但却很善良。

这天，国王不知为什么事生气。大公主走过来，说："亲爱的父王，您在生谁的气呀？"国王说：

"我在生你的气！"大公主说："我怎么惹您生气了呢？"国王说："你不爱我！"大公主说："我爱您啊，我爱您就像爱钻石一样。"

国王听后高兴极了。

过了些日子，国王又为一些事生气了。恰巧小公主走来，说："您在生谁的气呀？"国王说："我在生你的气！"小公主说："我惹您生气了吗？"国王说："你不爱我！"小公主说："我爱您就像爱盐一样。"

guó wáng tīng hòu gèng shēng qì le　biàn bǎ xiǎo gōng zhǔ gǎn chū le
国王听后更生气了，便把小公主赶出了
wáng gōng
王宫。

　　yì tiān wǎn shang　guó wáng　wáng hòu hé dà gōng zhǔ zài yì
　　一天晚上，国王、王后和大公主在一
qǐ chī fàn　kě chú shī wàng le gěi fàn cài fàng yán le　guó wáng
起吃饭，可厨师忘了给饭菜放盐了。国王
hē le yì kǒu tāng　yì diǎnr　wèi dào dōu méi yǒu　hěn nán hē
喝了一口汤，一点儿味道都没有，很难喝。
guó wáng yì diǎnr　shí yù dōu méi yǒu le　zhè shí　guó wáng xiǎng
国王一点儿食欲都没有了。这时，国王想
qǐ xiǎo gōng zhǔ shuō de huà　zhè cái míng bai xiǎo gōng zhǔ shì duō me
起小公主说的话，这才明白小公主是多么
ài tā　guó wáng hěn hòu huǐ　mǎ shàng xià lìng bǎ xiǎo gōng zhǔ
爱他。国王很后悔，马上下令把小公主
zhǎo le huí lái
找了回来。

成长对话

　　表达爱的方式有很多种，也许很多人都像小公主那样，用最简
单、最真实的方式表达着最真挚的情感，你是否留意过？

飞越千里的爱

tiān é mā ma yǒu ge hái zi tā jīng cháng dài zhe hái zi
天鹅妈妈有4个孩子，它经常带着孩子
men zài hú biān wánr yì tiān liè rén lái hú biān dǎ liè tiān
们在湖边玩儿。一天，猎人来湖边打猎，天
é mā ma gǎn kuài dài zhe hái zi men fēi zǒu le kě shì yǒu yì zhī
鹅妈妈赶快带着孩子们飞走了，可是有一只
zuì xiǎo de tiān é fēi de bú gòu kuài bèi liè rén dǎ zhòng chì bǎng
最小的天鹅飞得不够快，被猎人打中翅膀
diào jìn le hú li yóu yú jù lí tài yuǎn le liè rén fàng qì le
掉进了湖里。由于距离太远了，猎人放弃了
hú li de liè wù
湖里的猎物。

xiǎo tiān é téng de yūn guo qu le děng tā xǐng lái de shí
小天鹅疼得晕过去了，等它醒来的时
hou mā ma shuō hái zi tiān qì lěng le wǒ men yào fēi dào
候，妈妈说："孩子，天气冷了，我们要飞到
wēn nuǎn de dì fang qù le kě shì nǐ shòu shāng le mā ma zhǐ
温暖的地方去了，可是你受伤了，妈妈只
hǎo bǎ nǐ liú xià le tiān é mā ma hán zhe yǎn lèi bǎ xiǎo tiān
好把你留下了。"天鹅妈妈含着眼泪，把小天

鹅的巢铺得很温暖，就带着其他的孩子飞走了。天气渐渐冷了，小天鹅被冻得浑身发抖。"要是妈妈在就好了。"小天鹅想。

这时，它听到了熟悉的声音："孩子，妈妈把它们送回去了！现在妈妈来陪你了，我们要永远在一起。"

成长对话

母爱是世间最无私的爱，无论孩子走多远，身后总会有母亲牵挂的眼神。小朋友们，你们是否想过要怎样回报母亲那深厚无私的爱呢？

秋千荡起来了

院子里盛开着各种各样的鲜花，在一棵大树旁，有一架秋千，一个漂亮的小女孩正坐在秋千上，和她一起坐在秋千上的还有一个可爱的洋娃娃。秋千向高处不停地荡啊、荡啊，洋娃娃也随着向高处升，看着远方的美景。

中午的时候，小女孩回

jiā chī fàn qù le　　tā bǎ yáng wá wa yí gè rén liú zài le qiū qiān
家吃饭去了，她把洋娃娃一个人留在了秋千
shang　　yáng wá wa gǎn dào jì lěng qīng yòu hài pà　　nán guò de kuài
上，洋娃娃感到既冷清又害怕，难过得快
yào kū le　　kě tā hái shi zhēng zhe kě ài de dà yǎn jing　　wàng zhe
要哭了，可它还是睁着可爱的大眼睛，望着
yuǎn fāng
远方。

　　qiū qiān kàn zhe kě lián de yáng wá wa　　hěn xiǎng ān wèi tā
　　秋千看着可怜的洋娃娃，很想安慰它，
yě xiǎng dàng qi lai hé tā wánr　　zhǐ kě xī méi yǒu lì qì
也想荡起来和它玩儿，只可惜没有力气。
zhè shí　　duì miàn shù shang fēi lái le jǐ zhī yàn zi　　tā men fā
这时，对面树上飞来了几只燕子，它们发
xiàn le gū dān de yáng wá wa　　nàr　　yǒu ge yáng wá wa　　gū
现了孤单的洋娃娃，"那儿有个洋娃娃，孤
gu dān dān de yí gè rén　　hǎo kě lián a　　wǒ men qù péi tā wánr
孤单单的一个人，好可怜啊，我们去陪它玩
ba　　　hǎo a　　　yàn zi men yì kǒu tóng shēng de huí dá
儿吧！""好啊。"燕子们异口同声地回答。

yú shì · jǐ zhī yàn zi yì qǐ luò dào le qiū qiān shang yàn zi men
于 是，几 只 燕 子 一 起 落 到 了 秋 千 上，燕 子 们

yì qǐ yòng lì qiū qiān màn màn de dàng le qǐ lái tā men wéi
一 起 用 力，秋 千 慢 慢 地 荡 了 起 来。它 们 围

zhe yáng wá wa jī ji zhā zhā de jiào zhe kāi xīn jí le yáng
着 洋 娃 娃"唧 唧 喳 喳"地 叫 着，开 心 极 了，洋

wá wa kàn zhe yàn zi men kě ài de liǎn shang jiàn jiàn lù chū le
娃 娃 看 着 燕 子 们，可 爱 的 脸 上 渐 渐 露 出 了

xiào róng
笑 容……

成长对话

　　善良可以给别人带来温暖和快乐。那么你能像故事中的秋千和
燕子们那样用一颗善良的心去帮助别人吗？

老妈妈坐车

老妈妈要去市里看望儿子，她来到火车站等车。

好不容易等到火车进站了，老妈妈挤上火车，发现还有一个空座位，只是上面放了一只精致的手提包。空座位旁边坐着一位打扮时髦的小姐。有好几个人问过她后都走开了。

老妈妈走过去，很有礼貌地问："请问这个座位有人吗？"小姐不耐烦地说："你没看见包啊？她下车去买东西了，马上就回来！"老妈妈赶路实在是累坏了，便用商量

的口吻说:"买东西的人
现在还没回来,我先坐一会
儿,人来了我再让给她。""不
行!"小姐忙说,"这么热的
天,挤着多难受!"

这时候,火车开动了,速度越来越快。老
妈妈突然抓起座位上的手提包,说:"坏
了,这个人还没上车,包不能留在这儿,我

gěi tā rēng xia qu ba　　shuō wán　dǎ kāi chē chuāng jiù yào xiàng
给 她 扔 下 去 吧！"说 完，打 开 车 窗 就 要 向

wài rēng
外 扔。

　　nà wèi xiǎo jiě máng lán zhù le lǎo mā ma　　yì bǎ zhuā guò shǒu
　　那 位 小 姐 忙 拦 住 了 老 妈 妈，一 把 抓 过 手

tí bāo shuō　　nǐ zěn me luàn rēng rén jia de dōng xi　zhè bāo
提 包，说："你 怎 么 乱 扔 人 家 的 东 西，这 包

shì wǒ de　　tīng dào xiǎo jiě zhè me shuō　zhōu wéi de rén dōu xiào
是 我 的！"听 到 小 姐 这 么 说，周 围 的 人 都 笑

le　　lǎo mā ma yě shùn lì de zuò xià le
了。老 妈 妈 也 顺 利 地 坐 下 了。

　　尊老爱幼是中华民族的传统美德。如果你在做车的时候遇到这样的情况，你会怎么做呢？

女孩的奶牛

从前有个女孩，母亲很早就去世了。后来父亲又结婚了，继母对她非常不好。女孩有一头奶牛，那是母亲留给她的，奶牛可以帮助女孩完成任何心愿。

一次，父亲不在家，继母就刁难女孩说："下午，你把线纺好，把屋子收拾干净，在我回来之前干不完就别想吃饭。"女孩向奶牛哭诉，奶牛说："没关系，我会帮你的。"

果然，不一会儿线就纺好了，屋子也收

shí hǎo le   jì mǔ huí lái hòu   kàn dào fǎng hǎo de xiàn hé gān jìng
拾好了。继母回来后，看到纺好的线和干净

de wū zi   yí jù huà yě shuō bu chū lái le   cóng cǐ yǐ hòu
的屋子，一句话也说不出来了。从此以后，

jì mǔ zài yě bù gǎn diāo nán nǚ hái le
继母再也不敢刁难女孩了。

孩子们，你们知道"横眉冷对千夫指，俯首甘为孺子牛。"这句话
是谁说的吗？

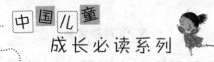
火堆里飞出的新娘

从前，有个小女孩儿和父亲相依为命，不久父亲又娶了个妻子，继母对女孩很不好，经常刁难女孩。一天深夜，继母让女孩去拔萝卜，女孩来到菜园里，终于摸到了一个萝卜，她使劲儿一拔，没想到拔出来了一只青蛙，并且还把青蛙的脚给扭了，青蛙生气地说："愿你见到正午的阳光就变成蟒蛇，只有你钻进火里，咒语才能解除。"女孩一听吓坏了，站在女孩身后的继母听到了，眼睛里露出了凶光。

第二天早晨，女孩去放牛，正巧一个王子经过这里，他爱上了女孩，对女孩说："我要把你带到王宫去。"女孩告诉他说："那得快点，我最怕正午的阳光了。"于是王子把轿子围得严严实实的，继母看到这一切，便收买了车夫，让车夫在中午时把轿子上的布捅个窟窿。

车夫照做了，女孩在中途变成了一条蟒蛇逃走了。途中王子发现女孩不见了，他看着空空的轿子很生气。王子的车继续向前走，路上他们要休息一会儿，便架起一堆火准备烤肉，一

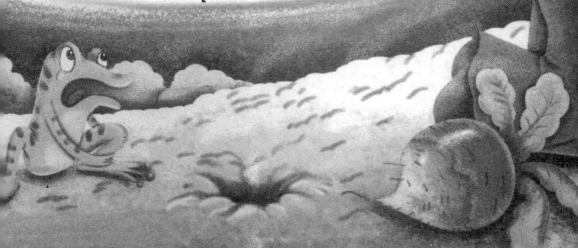

个侍卫抱了一捆柴火，却大叫一声，原来在
柴火下面有一条蟒蛇，王子生气地将蟒
蛇扔进火堆里，一阵亮光闪过，女孩穿
着洁白的婚纱从火堆里走出来，她对王子
说："我再也不逃了，因为我身上的咒语已
经解除了。"

成长对话

　　女孩为什么会被诅咒变成蟒蛇？这是青蛙的原因吗？如果不
是，那么你知道这其中的原因是什么吗？

找星星

有个小姑娘很想摘星星。一天，小姑娘一个人出门找星星去了。她来到一片草地，看见一群仙女在跳舞。她问仙女们说："我在哪里可以找到天上的星星呢？"仙女们说："你去求四个脚的驮着两个脚的去找没脚的，没脚的会带你找到没有梯级的梯子，你沿着它攀上去，就能找到星星了。"

小姑娘来到了森林

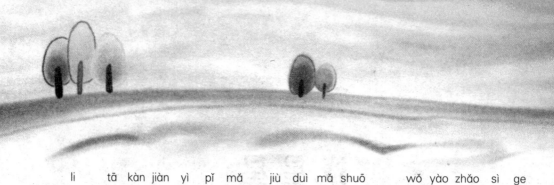

里，她看见一匹马，就对马说："我要找四个脚的驮着两个脚的去找没有脚的，没脚的再带我找没有梯级的梯子。我该到哪里去找啊？"马说："我带你去吧！"马立刻驮着小姑娘跑了起来，一会儿他们就来到了海边。

马让小姑娘下来，并对一条大鱼说："带她去找星星吧！"小姑娘跳到鱼背上，他们游过大海，看见岸上有一个五彩缤纷的没有梯级的梯子向天空延伸。

这时鱼说："再

jiàn ba　　méi yǒu jiǎo de　yǐ jīng bǎ nǐ dài dào méi yǒu tī jí de tī
见吧，没有脚的已经把你带到没有梯级的梯

zi páng biān le　　xiǎo gū niang zhàn zài tī zi shàng　gǔ zú yǒng
子旁边了。"小姑娘站在梯子上，鼓足勇

qì xiàng shàng pān dēng　pá ya pá ya　　tā yuè lái yuè tóu yūn
气向上攀登，爬呀爬呀，她越来越头晕。

hū rán　tā jiǎo yì huá　jiù shuāi le xià lái　yì zhí luò dào zì
忽然，她脚一滑，就摔了下来，一直落到自

jǐ fáng jiān de dì bǎn shang
己房间的地板上。

　　xiǎo gū niang zhēng yǎn yí kàn　　a　　yuán lái yǐ jīng shì zǎo
　　小姑娘睁眼一看，啊！原来已经是早

chen le
晨了。

成长对话

　　小姑娘并没有找到星星，因为那是她在做梦。在你的记忆中，你都做过什么样的梦呢？

琳达和王子

在奥地利南部，有一个国王，他有一个儿子，这个王子长得十分英俊，也很勇敢。

一天，王子听说在王国西部的森林里有一头白色的熊，于是他带了两个仆人去捉熊。

王子去了一个月，回来之后像变了个人似的，不吃不喝，整天唉声叹气，最后竟躺在床上起不来了。国王非常难过，他不明白到底发生了什么事把他的宝贝儿子变成了这样。国王去问和王子去森林里的那两个仆人，可是仆人们也不知道是怎么回事。后来，两个仆人想了一下，其中一个人回忆说，王子曾经离开过他们一阵，单独去找白熊，直到很晚才回来，回来时他的神情就变得很沮丧了。

国王很爱王子，便想了一个办法，他下令从附近森林里捉一头熊送进王宫，命人把它染成了白色，放到了宫廷花园里，然后他自己跑到儿子那里，大声嚷道："孩子，快起来，到花园里去，你会看见你日夜思念

的东西。"

wáng zǐ fèi le hǎo dà de lì qì cóng chuáng shang pá le qǐ lái
王子费了好大的力气从 床 上 爬了起来，

xiàng huā yuán zǒu qù　dāng tā kàn dào huā yuán li de bái xióng shí
向花园走去。当他看到花园里的白熊时，

shēn shēn de tàn le yì kǒu qì yūn dǎo le
深深地叹了一口气，晕倒了。

wáng zǐ de zhuàng kuàng yì tiān bǐ yì tiān zāo guó wáng sì
王子的 状 况一天比一天糟，国王四

chù qiú yī wèn yào kě shì dōu yī bu hǎo wáng zǐ de bìng jiù
处求医问药，可是都医不好王子的病。就

zài zhè shí guó wáng tīng shuō zài wáng guó xī bù yǒu ge cōng míng
在这时，国王听说在王国西部有个聪明

de gū niang jiào lín dá guó wáng lì jí
的姑娘叫琳达，国王立即

pài rén qù qǐng lín dá lín dá yí lù
派人去请琳达。琳达一路

shang dōu zài xún wèn shǐ zhě guān yú wáng
上都在询问使者关于王

zǐ de qíng kuàng tā wèn shǐ zhě
子的情况。她问使者：

wáng zǐ jiào shén me míng
"王子叫什么名

zi shǐ zhě gào sù tā
字？"使者告诉她：

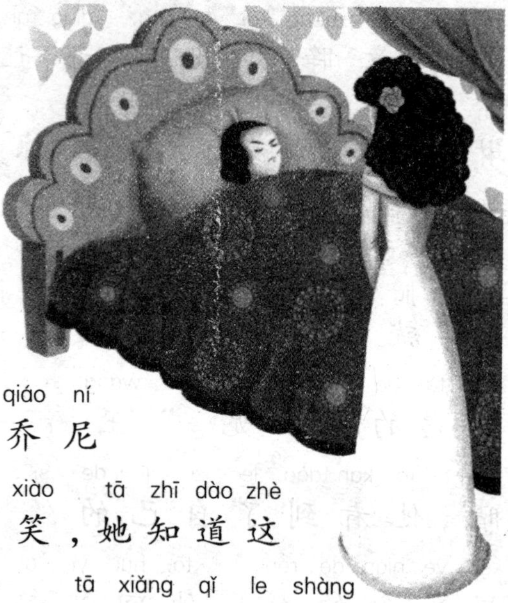

"乔尼·马里。"琳达悄悄地从裙带上取下了一块儿丝巾：仔细一看，丝巾的一角上写着：乔尼·马里。琳达微微一笑，她知道这块儿丝巾是王子的。她想起了上次她在王国西部的森林里迷了路，躺在草地上不知不觉睡着了。醒来时，脸上就多了一块儿丝巾。琳达一直很奇怪，现在终于找到了那块儿丝巾的主人。

琳达被带进了王子的寝宫，只见王子英俊的脸上毫无生气，只有微弱的呼吸能证明他还有一口气。这时，琳达站在王子的床前，轻轻地说："亲爱的王子，请睁开眼睛看一看吧！"王子摇了摇头，说："我不愿意睁开眼睛，请让我安静地离去吧。"

琳达说："我不能让你死，请看看我手上的东西。"王子还是不为所动，琳达又说："那就可惜了这块儿丝巾，我到现在还没找到它的主人呢。"王子一听，立刻睁开了眼睛，他看到了自己的丝巾，也看到了自己日思夜念的人。他回忆起那天在森林里发生的事情。那天，王子独自一人到森林中去追白熊，当他骑马来到森林中时，看到一个姑娘睡在草地上，王子下马走到姑娘的面前时，一下子惊呆了。王子从来没有见过这么漂亮的姑娘，这时，他开始犹豫不决，既想去追白熊又想守在姑娘身边。后来，他决定趁姑娘还在睡觉，先去追白熊。于是他从腰间取下了一条丝巾，盖在了姑娘的脸上，然后就起身去追白熊了。

kě shì dāng tā huí lái shí
可是当他回来时，
gū niang yǐ jīng bú jiàn le
姑娘已经不见了。

xiàn zài zì jǐ rì yè
现在，自己日夜
sī niàn de gū niang jiù zhàn
思念的姑娘就站
zài miàn qián wáng zǐ xìng fèn
在面前，王子兴奋
jí le yì bǎ zhuā zhù le
极了，一把抓住了

lín dá de shǒu gāo xìng de shuō wǒ de bìng quán hǎo le
琳达的手，高兴地说："我的病全好了。"
guó wáng hěn gāo xìng mìng lìng chú fáng wèi wáng zǐ zhǔn bèi fàn cài
国王很高兴，命令厨房为王子准备饭菜。
bù jiǔ wáng zǐ yòu huī fù le wǎng rì de huo lì guó wáng yě
不久，王子又恢复了往日的活力。国王也
wèi tā men zhǔn bèi hǎo le hūn yàn cóng cǐ tā men xìng fú de shēng
为他们准备好了婚宴，从此他们幸福地生
huo zài le yì qǐ
活在了一起。

成长对话

在琳达的帮助下，王子恢复了健康，你知道王子得病的真正原因吗？

天上的绵羊

玛莎和丽莎是一对好朋友，她们住在同一屋大楼里的同一个楼层，她们都有爱她们的爸爸、妈妈和慈祥的老祖母，她们也都有宽敞的大屋子和各种各样的玩具，但不同的是玛莎温柔又善良，而丽莎的脾气却很坏。

一天，丽莎见玛莎正在和自己的布娃娃兰娜聊天，她们聊

de hěn kāi xīn mǎ shā wèn lán nà nǐ zuó tiān shuì de hǎo
得很开心，玛莎问兰娜：“你昨天睡得好
ma lán nà shuō ṅg hěn hǎo wǒ hái mèng jiàn le měi lì
吗？”兰娜说：“嗯，很好，我还梦见了美丽
de gōng zhǔ ne lì shā kàn dào tā men liáo de zhè me kāi xīn
的公主呢。”丽莎看到她们聊得这么开心，
fēi cháng xiàn mù yú shì tā jiù yòng zì jǐ pò jiù de xiǎo bù xióng
非常羡慕，于是她就用自己破旧的小布熊
huàn le mǎ shā de bù wá wa tā yě xiǎng xiàng mǎ shā nà yàng
换了玛莎的布娃娃。她也想像玛莎那样
hé bù wá wa liáo tiān kě shì
和布娃娃聊天。可是，
dāng tā xiàng mǎ shā nà yàng wèn lán
当她像玛莎那样问兰
nà wèn tí de shí hou bù wá wa
娜问题的时候，布娃娃
yào me bù huí dá
要么不回答，
yào me huí dá de hěn
要么回答得很
miǎn qiáng bèn dàn
勉强，“笨蛋！”
lì shā qì chōng chōng de
丽莎气冲冲地

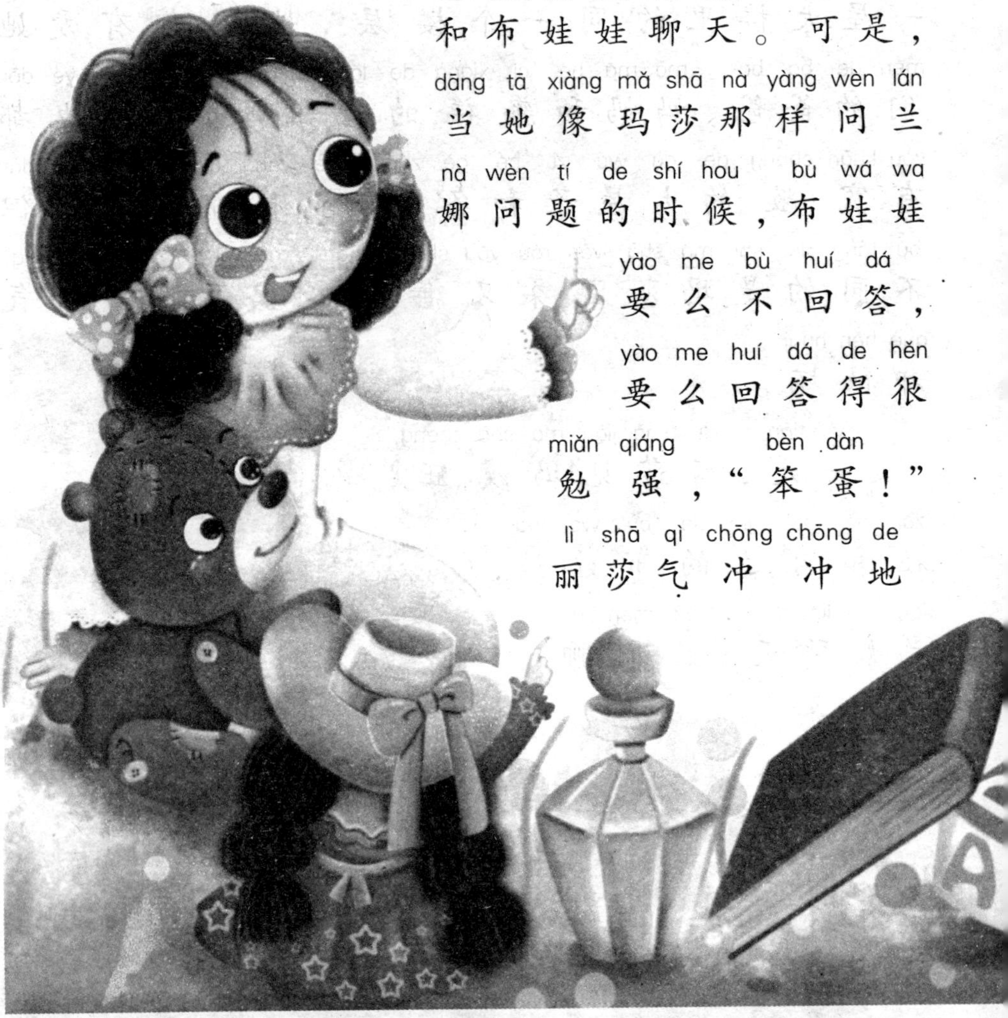

说。可是不管她怎么说，兰娜都是一声不

响地坐着。再看玛莎，她和破旧的小布熊

玩得正开心呢！她指着天空中的白云对

小布熊说："小熊，小熊，你看，天上是

不是有一只美丽的绵羊啊？"小布熊抬起

头看了看说："是啊，我看到一只胖胖的小

绵羊。"可是，不管丽莎怎么使劲儿地看，

都看不到她们所说的那只绵羊，小朋友

们，你们知道这是为什么吗？

成长对话

　　为什么洋娃娃和小布熊只和玛莎玩，却不理丽莎呢？在日常生活中你是怎样对待玩具的呢？

红色的纽扣

tài yáng shēng qi lai le　xiǎo niǎo de gē shēng huàn
太阳升起来了，小鸟的歌声唤

xǐng le xiǎo bái tù　mā ma shang bān qù le　xiǎo bái
醒了小白兔。妈妈上班去了，小白

tù chī le mā ma gěi tā zhǔn bèi hǎo de zǎo cān　biàn pǎo
兔吃了妈妈给她准备好的早餐，便跑

dào yuàn zi li qù wánr　le
到院子里去玩儿了。

yuàn zi li de shéng zi shang
院子里的绳子上

liàng zhe mā ma xǐ guo de yī fu
晾着妈妈洗过的衣服。

yí　　mā ma de shàng yī zěn me
"咦！妈妈的上衣怎么

shǎo le yì kē niǔ kòu ne　　xiǎo bái
少了一颗纽扣呢！"小白

tù zài yuàn zi li zhǎo a zhǎo　kě
兔在院子里找啊找，可

shì què méi zhǎo dào xiǎo bái tù xiǎng zhǔn shì mā ma gàn huór
是却没找到。小白兔想：准是妈妈干活儿
de shí hou nòng diū le mā ma měi tiān gěi wǒ zuò fàn xǐ yī
的时候弄丢了。妈妈每天给我做饭，洗衣
fu hái yào shàng bān hǎo xīn kǔ a wǒ lái gěi mā ma féng zhè
服，还要上班，好辛苦啊！我来给妈妈缝这
kē niǔ kòu ba
颗纽扣吧！

xiǎo bái tù lái dào le niǔ kòu diàn niǔ kòu diàn li mài de niǔ
小白兔来到了纽扣店，纽扣店里卖的纽
kòu zhǒng lèi kě zhēn duō a xiǎo bái tù mǎi le yì kē hóng sè de
扣种类可真多啊。小白兔买了一颗红色的
niǔ kòu zhè kē niǔ kòu piào liàng jí le xiǎo bái tù gāo gāo xìng
纽扣，这颗纽扣漂亮极了。小白兔高高兴
xìng de pǎo huí jiā zhǎo dào zhēn hé xiàn rán hòu xué zhe mā ma de
兴地跑回家，找到针和线，然后学着妈妈的
yàng zi yì běn zhèng jīng de féng qǐ niǔ kòu lai yī bù xiǎo xīn
样子一本正经地缝起纽扣来。一不小心，
xiǎo bái tù de shǒu bèi zhēn zā dào le dàn tā bìng bù zài yì hái
小白兔的手被针扎到了，但她并不在意，还
biān féng niǔ kòu biān chàng qǐ gē lai
边缝钮扣边唱起歌来。

zhōng wǔ mā ma xià bān huí lái chuān
中午，妈妈下班回来，穿
shàng liàng gān de shàng yī fā xiàn le nà kē
上晾干的上衣，发现了那颗
hóng niǔ kòu yīn wèi yī fu shàng miàn de qí
红纽扣。因为衣服上面的其
tā niǔ kòu quán shì bái sè de suǒ yǐ zhè
他纽扣全是白色的，所以这
kē hóng sè de niǔ kòu hěn xiǎn yǎn mā
颗红色的纽扣很显眼。“妈

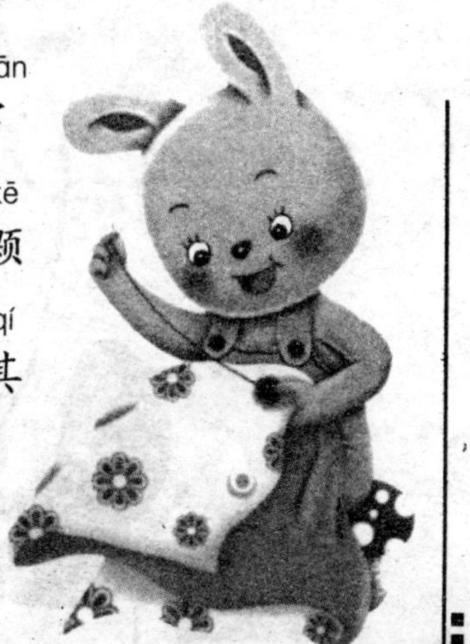

妈，妈妈。快看我给你缝的纽扣！"小白兔开心地说。妈妈笑了，说："宝宝缝的纽扣真好看！你真是个好孩子！"

成长对话

　　小白兔给妈妈缝了颗什么颜色的纽扣？想想看，你是否也能像小白兔那样，帮妈妈做些力所能及的事呢？

咪咪的早餐

xiǎo māo mī mi shì mā ma de bǎo bèi mī mi měi tiān zǎo
小猫咪咪是妈妈的宝贝。咪咪每天早
chen shàng xué de shí hou shū bāo li zǒng huì yǒu yí yàng dōng
晨上学的时候，书包里总会有一样东
xi mā ma zuò de zǎo cān mī mi kě xǐ huan chī mā ma zuò
西——妈妈做的早餐。咪咪可喜欢吃妈妈做
de zǎo cān le tóng xué men yě dōu hěn xiàn mù mī mi yǒu zhè me
的早餐了。同学们也都很羡慕咪咪有这么
hǎo de mā ma
好的妈妈。

zhè tiān mī mi zǎo chén shàng xué de shí
这天，咪咪早晨上学的时
hou shū bāo li què méi yǒu mā ma zuò de zǎo
候，书包里却没有妈妈做的早
cān yīn wèi mā ma zhù yuàn le bù néng gěi
餐。因为妈妈住院了，不能给
mī mi zuò zǎo cān le tóng xué men
咪咪做早餐了。同学们
jiàn mī mi jīn tiān méi yǒu dài zǎo cān
见咪咪今天没有带早餐，
dōu hěn qí guài
都很奇怪，
dāng tā men zhī dào
当他们知道
mī mi de mā ma
咪咪的妈妈

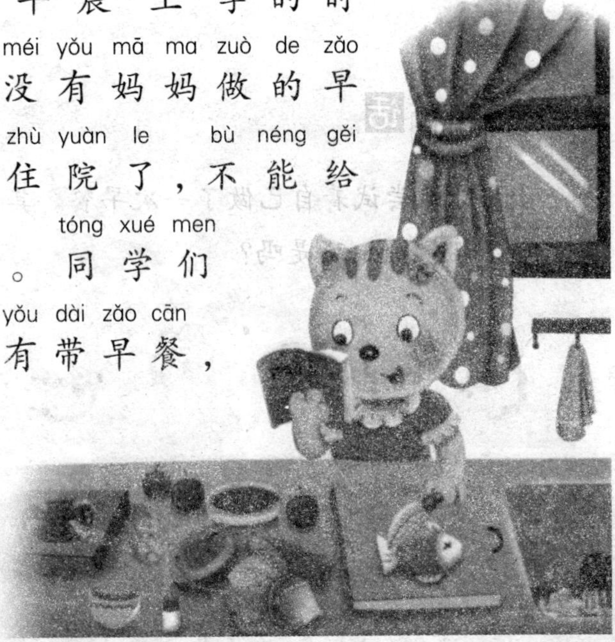

shēng bìng le zhī hòu biàn shuō mī mi zhēn kě lián mā ma bìng
生病了之后，便说："咪咪真可怜，妈妈病

le yě méi yǒu zǎo cān chī le
了，也没有早餐吃了。"

mī mi tīng le hěn nán guò tā xiǎng wǒ dōu zhè me dà le
咪咪听了很难过，她想：我都这么大了，

wèi shén me bù néng zì jǐ xué zhe zuò zǎo cān ne yú shì mī mi
为什么不能自己学着做早餐呢！于是，咪咪

dì èr tiān hěn zǎo biàn qǐ chuáng le tā àn zhào shū shang xiě de
第二天很早便起床了，她按照书上写的

xué zhe zuò zǎo cān zǎo cān zhōng yú zuò hǎo le tā cháng le yì
学着做早餐。早餐终于做好了，她尝了一

kǒu hái zhēn hǎo chī a mī mi bǎ zǎo cān sòng dào le yī yuàn
口，还真好吃啊！咪咪把早餐送到了医院。

mā ma jiē guò zǎo cān kāi xīn de xiào le zhí kuā mī mi shì ge
妈妈接过早餐，开心地笑了，直夸咪咪是个

dǒng shì de hǎo bǎo bao
懂事的好宝宝。

成长对话

小猫咪咪尝试着自己做了一次早餐。其实只要敢于尝试，许多
事情我们都可以做，不是吗？

好心的泥姑娘

从前，有一个很会捏泥人的老爷爷，他为小孙女捏了一个非常美丽的泥姑娘。泥姑娘长着大大的眼睛、小小的嘴、红红的脸蛋儿。为了让泥姑娘尽快变干，老爷爷把她放在了窗台上。

夜里下起了大雨，就在泥姑娘要跳进屋里避雨的时候，她听到了求救的声音。探出头一看，原来有一只可怜的小蝴蝶被石榴树枝挂住了。于是泥姑娘不顾倾盆大雨，一步一步地挪到树枝附近，把蝴蝶救了下来。小蝴蝶脱险了，但泥姑娘却被雨水浇成了一

tān xī ní
滩稀泥。

dì èr tiān lǎo yé ye tuī kāi chuāng hu què zěn me yě zhǎo
第二天，老爷爷推开窗户，却怎么也找

bu dào měi lì de ní gū niang le dāng lǎo yé ye kàn dào nà duī
不到美丽的泥姑娘了。当老爷爷看到那堆

xī ní jiǔ jiǔ bú yuàn lí qù de xiǎo hú dié jí diào zài dì shang
稀泥、久久不愿离去的小蝴蝶及掉在地上

de shí liu shí jiù quán míng bai le lǎo yé ye yòu bǎ zhè xiē xī
的石榴时，就全明白了。老爷爷又把这些稀

ní niē le niē zhè cì niē chéng de ní gū niang bǐ yǐ qián gèng měi
泥捏了捏，这次捏成的泥姑娘比以前更美

lì le tā hái dài zhe yí chuàn hóng hóng de shí liu xiàng liàn ne
丽了，她还戴着一串红红的石榴项链呢。

成长对话

　　当老爷爷看到蝴蝶和石榴的时候，他明白了什么？为什么说新的泥姑娘比以前更美丽了？你明白其中的道理吗？

金色的小房子

měi mei zài sēn lín páng yǒu yí zuò jīn sè de xiǎo fáng zi
美美在森林旁有一座金色的小房子。

xiǎo fáng zi zài yáng guāng xià shǎn zhe jīn guāng piào liang jí le
小房子在阳光下闪着金光，漂亮极了。

měi mei měi tiān zǎo chen dōu huì dào sēn lín li wán zhè tiān
美美每天早晨都会到森林里玩。这天，

tā kuà zhe xiǎo xiǎo de zhú lán cǎi le hěn duō piào liang de huā
她挎着小小的竹篮，采了很多漂亮的花。

zài sēn lín li měi mei yù dào le yì zhī kě ài de xiǎo niǎor tā
在森林里美美遇到了一只可爱的小鸟儿，他

men hěn kuài biàn chéng le hǎo péng you
们很快便成了好朋友。

hòu lái yì zhī xiǎo tù
后来，一只小兔

zi hé yì zhī xiǎo lù yě
子和一只小鹿也

jiā rù le
加入了

他们的队伍。他们一起唱歌跳舞，玩得开心极了。中午到了，美美饿了，动物朋友们把美美送到了她金色的小房子前。

小鸟儿说："我们能到你的小房子里玩吗？"

美美急忙说："不行，我今天早上刚打扫完房子，你们会把我漂亮的小房子弄脏的。"

动物朋友们听到美美这样说，就都走了。美美回到小房子里吃了点儿东西后，就又想出去玩了。她来到了森林里，她唱起歌，可是没有人听，也没有人鼓掌，她跳

qǐ wǔ lai　　 yě méi yǒu rén kàn　　 měi mei wú liáo jí le　 tā lái
起舞来，也没有人看。美美无聊极了，她来

dào le yí piàn kòng dì shang　 kàn jiàn xiǎo niǎor　　　 xiǎo tù hé xiǎo
到了一片空地上，看见小鸟儿、小兔和小

lù wán de zhèng kāi xīn ne　　 xiǎo tù kàn jiàn le měi mei　 biàn hǎn
鹿玩得正开心呢。小兔看见了美美，便喊

dào　　 měi mei　 kuài lái hé wǒ men yì qǐ wán a
道："美美，快来和我们一起玩啊！"

　　měi mei hóng zhe liǎn shuō　　　 nǐ men dào wǒ de xiǎo fáng zi li
　　美美红着脸说："你们到我的小房子里

wán ba
玩吧！"

　　xiǎo niǎor　　　 shuō　　　 nǐ bú pà wǒ men nòng zāng nǐ de fáng
　　小鸟儿说："你不怕我们弄脏你的房

zi a
子啊？"

　　měi mei yáo yao tóu　　 xiǎo niǎor　　　 xiǎo tù hé xiǎo lù kāi xīn
　　美美摇摇头。小鸟儿、小兔和小鹿开心

de xiàng měi mei de jīn sè xiǎo fáng zi zǒu qù
地向美美的金色小房子走去。

成长对话

　　美美由于不懂得分享，失去了快乐。小朋友们，如果和别人分享你的快乐，那你就会拥有更多的快乐。

王子和两姐妹

从前有一个王子，一天他去打猎时，路过一个房子，他听见屋里有俩姐妹在聊天。

姐姐说："如果王子能娶我，我会给他织一件金丝外衣，他穿上会显得既神气又英俊。"妹妹说："如果王子娶了我，我会给他生两个活泼可爱的孩子。"

结果，王子娶了妹妹，他们生活得很幸福。姐姐非常嫉妒，便要暗算妹妹。她在妹妹生孩子的时候，买通了奶娘和保姆，把孩子抱走了，然后对王子说妹妹生了一包血水。王子很伤心，但他没有怪罪妹妹。当妹妹

shēng dì èr ge hái zi shí jiě jie yòu xiàng shàng cì nà yàng bào
生第二个孩子时，姐姐又像上次那样抱

zǒu le hái zi bìng bǎ zài lù shang jiǎn dào de yí gè zhǐ yǒu yì
走了孩子，并把在路上捡到的一个只有一

zhī yǎn jing de hái zi bào gěi wáng zǐ kàn zhè cì wáng zǐ fā
只眼睛的孩子抱给王子看。这次，王子发

nù le bǎ mèi mei hé nà ge yì zhī yǎn jing de hái zi niǎn chū le
怒了，把妹妹和那个一只眼睛的孩子撵出了

wáng gōng
王宫。

shéi zhī nà ge yì zhī yǎn de hái zi shì mó
谁知那个一只眼的孩子是魔

fǎ shī biàn de tā zhǎng de hěn kuài méi jǐ
法师变的，他长得很快，没几

tiān jiù zhǎng chéng le dà rén mó fǎ shī
天就长成了大人。魔法师

zài kōng dì shang jiàn zào le yí zuò huá
在空地上建造了一座华

lì de gōng diàn yòu bǎ
丽的宫殿，又把

mèi mei de nà liǎng ge hái
妹妹的那两个孩

zi zhǎo lái le mèi mei
子找来了，妹妹

hé hái zi men zhōng yú
和孩子们终于

xiāng jù le tā men zài
相聚了，他们在

yì qǐ shēng huó de hěn
一起生活得很

kuài lè
快乐。

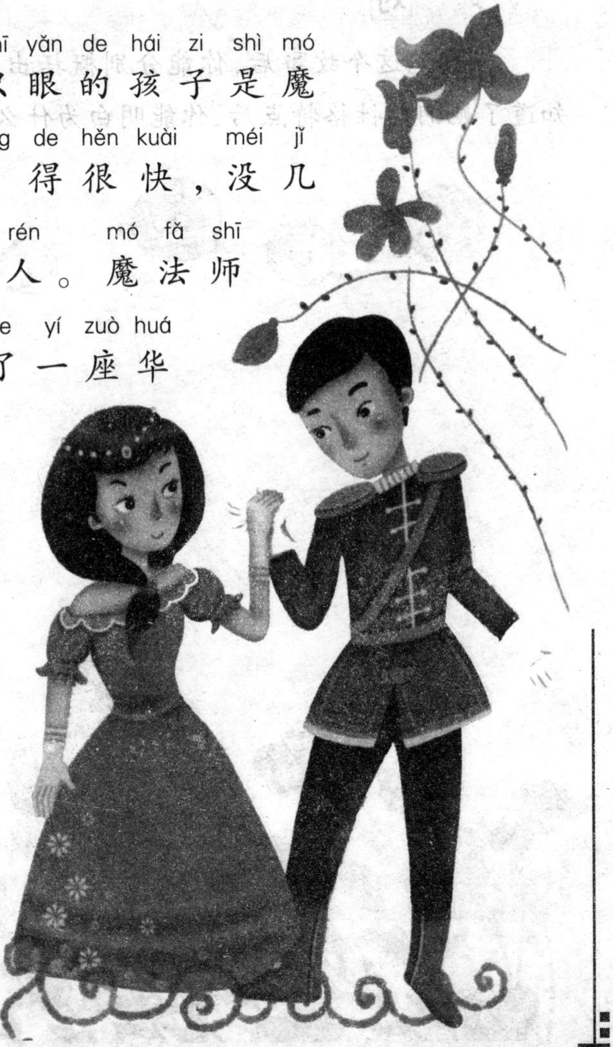

shì jiè shang méi yǒu bú tòu fēng de qiáng　wáng zǐ zuì zhōng zhī

世界上 没有 不 透 风 的 墙，王 子 最终 知

dào le zhēn xiàng　tā jiē huí le qī zi hé hái zi men　bìng bǎ jiě

道 了 真 相，他 接 回 了 妻子 和 孩子 们，并 把 姐

jie gǎn chū le wáng gōng

姐 赶 出 了 王 宫。

成长对话

　　在读完这个故事后，你能分别概括出两姐妹的性格特点吗？在
知道了她们的性格特点后，你能明白为什么王子会娶妹妹吗？

装着原野的口袋

菜拉要过生日了，远方的姐姐送给她一件美丽的围裙，围裙上面有很多漂亮的碎碎的小绿花和一个大大的口袋。

菜拉高兴地扎起了这个围裙，她要帮妈妈做点事情了。可她突然听到一阵轻轻的笑声。

"你是谁？你在哪里？"菜拉问。这时一对长长的大耳朵从围裙的口袋里伸出来，说："我是

tián yě li de xiǎo bái tù　wǒ cóng dà cǎo
田野里的小白兔，我从大草

yuán lái　yīn wèi wǒ shēng huó de cǎo yuán tū rán xiāo shī le　suǒ
原来，因为我生活的草原突然消失了，所

yǐ wǒ cái dào zhè lái de　　kě shì xiàn zài bèi nǐ fā xiàn le　　wǒ
以我才到这来的。可是现在被你发现了，我

děi zǒu le
得走了。”

xiǎo bái tù shuō wán jiù　sōu　de yí xià zuàn huí lái lā de
小白兔说完就“嗖”地一下钻回莱拉的

kǒu dai li bú jiàn le lái lā jí máng yòng shǒu wǔ zhù zì jǐ de
口袋里不见了。莱拉急忙用手捂住自己的
kǒu dai kě shì zhè yì wǔ bú yào jǐn gāng cái hái néng kàn dào
口袋，可是，这一捂不要紧，刚才还能看到
de xiǎo cǎo hé xiǎo huār xiàn zài yě gēn xiǎo bái tù yì qǐ xiāo
的小草和小花儿，现在也跟小白兔一起消
shī le
失了。

lái lā hěn shāng xīn tā zài zì jǐ wéi qún de kǒu dai li zǐ
莱拉很伤心，她在自己围裙的口袋里仔
xì fān zhǎo zhe xī wàng néng bǎ xiǎo bái tù xiǎo cǎo hé xiǎo huār
细翻找着，希望能把小白兔、小草和小花
dōu zhǎo chu lai kě jìng cóng kǒu dai li diào chū le hěn duō huā
儿都找出来，可竟从口袋里掉出了很多花
de zhǒng zi lái lā bǎ huā de zhǒng zi yí lì yí lì de jiǎn qi
的种子。莱拉把花的种子一粒一粒地捡起
lai xiǎo xīn yì yì de zhǒng zài tā de xiǎo huā yuán li lái lā
来，小心翼翼地种在她的小花园里。莱拉
xiǎng dào le chūn tiān zhǒng zi jiù huì fā yá zhǎng chū měi lì
想：到了春天，种子就会发芽，长出美丽
de xiǎo huār xiǎo bái tù dào shí hou hái huì huí lái de
的小花儿，小白兔到时候还会回来的。

lái lā zài xīn li qī dài zhe zhè yì tiān de dào lái
莱拉在心里期待着这一天的到来。

成长对话

小白兔原来生活的大草原已经不见了。你能猜出草原为什么会不见吗？我们应该如何保护我们周围的环境呢？

箱子里的秘密

cóng qián yǒu wèi guó wáng tā yǒu yí gè hěn piào liang de nǚ
从前有位国王，他有一个很漂亮的女
ér jiào ān qí wáng hòu qù shì hòu guó wáng yòu qǔ le xīn wáng
儿叫安琪。王后去世后，国王又娶了新王
hòu xīn wáng hòu hěn jí dù ān qí de měi mào jiù ràng guó wáng
后。新王后很嫉妒安琪的美貌，就让国王
bǎ tā jià gěi le yí gè qué zi ān qí de nǎi mā zhī dào le zhè
把她嫁给了一个瘸子。安琪的奶妈知道了这
jiàn shì yǐ hòu jiù duì ān qí shuō
件事以后，就对安琪说：
kě lián de hái zi wǒ bù rěn xīn kàn
“可怜的孩子，我不忍心看
dào tā men zhè yàng duì nǐ zhè lǐ yǒu
到他们这样对你，这里有
ge xiāng zi nǐ jiù dāi zài lǐ miàn
个箱子，你就待在里面
ba wǒ měi tiān gěi nǐ sòng chī de
吧，我每天给你送吃的。”

yú shì nǎi mā
于是，奶妈
jiù duì wáng hòu shuō
就对王后说
ān qí táo pǎo le
安琪逃跑了，
wáng hòu kàn bu dào ān
王后看不到安

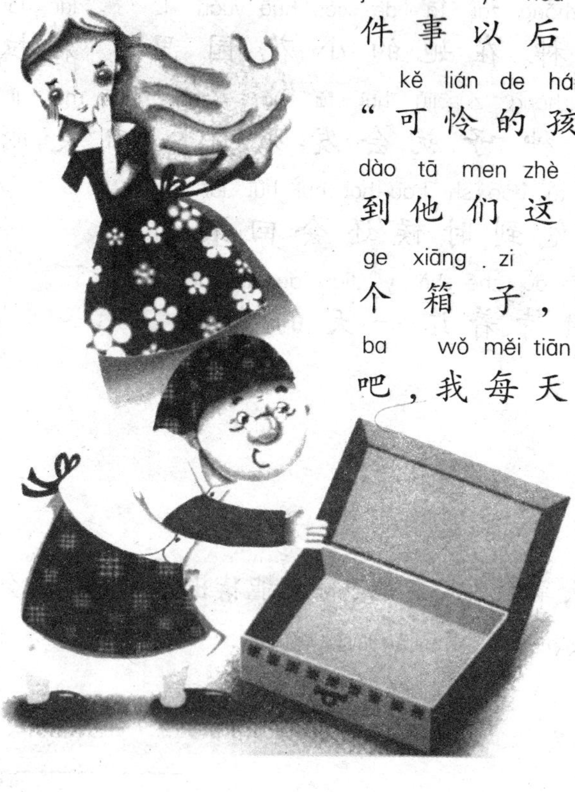

qí jiù ràng wèi bīng bǎ ān qí de dōng xi dōu rēng dào le sēn lín
琪，就让卫兵把安琪的东西都扔到了森林
li bāo kuò nà ge xiāng zi
里，包括那个箱子。

yí gè wáng zǐ dào sēn lín li dǎ liè huí lái de lù shang kàn
一个王子到森林里打猎，回来的路上看
dào le yí gè jīng měi de xiāng zi jiù mìng rén bǎ tā dài huí wáng
到了一个精美的箱子，就命人把它带回王
gōng fàng dào le zì jǐ de fáng jiān
宫，放到了自己的房间
li wáng zǐ bái tiān chū qù dǎ liè
里。王子白天出去打猎，
ān qí jiù chū lái gěi wáng zǐ shōu shi
安琪就出来给王子收拾
fáng jiān hái zài fáng jiān li bǎi mǎn
房间，还在房间里摆满
le xiān huā wáng zǐ huí lái kàn
了鲜花。王子回来看
jiàn mǎn wū zi de xiān
见满屋子的鲜
huā yǐ wéi shì mèi mei
花，以为是妹妹
wèi tā zhāi de
为他摘的
huā jiù méi zài
花，就没在
yì kě shì měi
意。可是每
tiān dōu shì zhè
天都是这
yàng tā jiù
样，他就

qù wèn jiā rén   jié guǒ tā de jiā rén shuō méi yǒu rén wèi tā zhāi
去问家人，结果他的家人说没有人为他摘

guo huā
过花。

wáng zǐ jué dìng chá míng zhēn xiàng   zhè tiān zǎo shang tā zhào
王子决定查明真相。这天早上他照

cháng chū mén   shí jì tā bìng méi yǒu chū qù   ér shì duǒ zài yí gè
常出门，实际他并没有出去，而是躲在一个

kě yǐ kàn jiàn fáng jiān li qíng kuàng de dì fang   jié guǒ tā kàn
可以看见房间里情况的地方。结果，他看

dào cóng xiāng zi li zǒu chū le yí wèi bǐ yuè liang hái měi de nǚ
到从箱子里走出了一位比月亮还美的女

zǐ   tā lián máng jìn wū   zhuā zhù le ān qí   ān qí jiāng zì jǐ
子，他连忙进屋，抓住了安琪。安琪将自己

de zāo yù gào su le wáng zǐ   wáng zǐ hěn tóng qíng ān qí   bìng
的遭遇告诉了王子，王子很同情安琪，并

qǔ ān qí zuò le zì jǐ de qī zi
娶安琪做了自己的妻子。

成长对话

你知道是谁在王子的屋里摆满了鲜花吗？每个人都有优点，不要忌妒别人的优点，而要虚心地学习。

狠毒的后母

cóng qián yǒu duìr   fū qī   tā men yǒu ge nǚ ér   hòu lái
从 前 有 对 儿 夫 妻 , 他 们 有 个 女 儿 。后 来

qī zi sǐ le   fù qīn jiù yòu qǔ le yí gè qī zi   hòu mǔ bù
妻 子 死 了 , 父 亲 就 又 娶 了 一 个 妻 子 , 后 母 不

xǐ huan zhè ge nǚ ér   zǒng shì xiǎng bàn fǎ yào hài sǐ tā
喜 欢 这 个 女 儿 , 总 是 想 办 法 要 害 死 她 。

yí cì   fù qīn dào yí gè dì fang zuò mǎi mai qù le   hòu mǔ
一 次 , 父 亲 到 一 个 地 方 做 买 卖 去 了 , 后 母

jiù duì nǚ ér shuō   nǐ dào wài pó jiā qù ná kuàir   bù liào
就 对 女 儿 说 : " 你 到 外 婆 家 去 拿 块 儿 布 料 。 "

yú shì nǚ hái lái dào le hòu mǔ de niáng jia
于 是 女 孩 来 到 了 后 母 的 娘 家 。

hòu mǔ de mǔ qīn shì ge lǎo wū pó   tā zhèng zài wū li lào
后 母 的 母 亲 是 个 老 巫 婆 , 她 正 在 屋 里 烙

面饼呢。女孩很有礼貌地说:"外婆,您好,妈妈要我到这里来拿块儿布料。""好吧,你先替我烙会儿面饼。"于是女孩便烙起面饼来。她看到狗很饿,便给了它一个面饼;又看到一棵树好久没有浇水了,就给树浇了些水。

其实老巫婆是到隔壁磨刀去了,她明早要把女孩杀掉。狗偷偷地告诉了女孩,她害

pà jí le　　rēng xià shǒu li de dōng xi　jiù táo zǒu le　　lǎo wū
怕极了，扔下手里的东西就逃走了。老巫

pó huí dào wū li　 yí kàn nǚ hái bú jiàn le　jiù dà shēng zé mà
婆回到屋里，一看女孩不见了，就大声责骂

gǒu hé shù　　wèn tā men wèi shén me bù lán zhù nǚ hái　　tā men
狗和树，问它们为什么不拦住女孩。它们

dōu shuō　　　wǒ men bù xiǎng shāng hài duì zì jǐ hǎo de rén　　lǎo
都说："我们不想伤害对自己好的人。"老

yāo pó hěn shēng qì　　kě shì yě méi yǒu bàn fǎ
妖婆很生气，可是也没有办法。

　　nǚ hái táo huí jiā　　zhèng hǎo fù qīn cóng wài dì huí lái　　nǚ
　　女孩逃回家，正好父亲从外地回来，女

hái biàn bǎ jīng lì de shìr　　gēn fù qīn shuō le yí biàn　　fù qīn tīng
孩便把经历的事儿跟父亲说了一遍，父亲听

hòu hěn shēng qì　　biàn gǎn zǒu le hòu mǔ　　cóng cǐ yǐ hòu　　fù
后很生气，便赶走了后母。从此以后，父

nǚ liǎ guò shàng le xìng fú de shēng huó
女俩过上了幸福的生活。

　　故事中的那个女孩在狗和树的帮助下，从老巫婆那里逃了出来。
但是你知道狗和树为什么要帮助她吗？

小姑娘和狗熊

yǒu yí gè xiǎo gū niang qù shān li cǎi mó gu   shān shang
有一个小姑娘去山里采蘑菇。山上

yǒu hǎo duō mó gu   xiǎo gū niang cǎi de kě kāi xīn le
有好多蘑菇，小姑娘采得可开心了。

tū rán   shēn hòu chuán lái le jiǎo bù shēng   xiǎo gū niang
突然，身后传来了脚步声，小姑娘以

wéi shì zì jǐ de gē ge   biàn shuō   gē ge   kuài lái   zhè li
为是自己的哥哥，便说："哥哥，快来，这里

yǒu hǎo duō de mó gu a
有好多的蘑菇啊！"

kě shì   gē ge què méi shuō huà
可是，哥哥却没说话。

xiǎo gū niang yòu shuō   wǒ yào jiào mā ma gěi wǒ men zuò mó
小姑娘又说："我要叫妈妈给我们做蘑

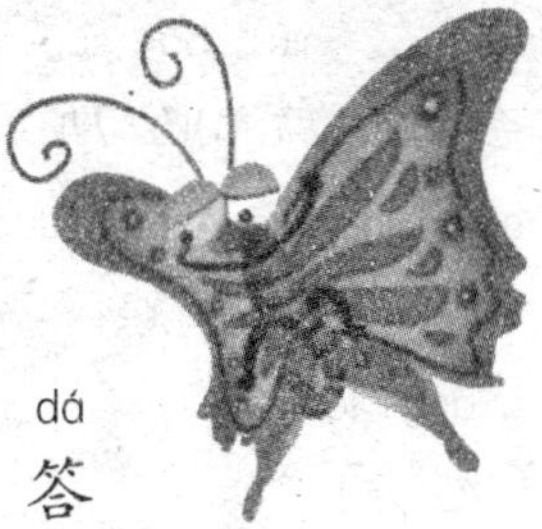

gu tāng wǒ zuì xǐ huan hē le gē ge
菇汤，我最喜欢喝了。哥哥，
nǐ xǐ huan ma
你喜欢吗？”

gē ge hǎo xiàng bù zhī dào gāi zěn me huí dá
哥哥好像不知道该怎么回答
shì de zhǐ shì hū chī hū chī de chuǎn zhe cū qì
似的，只是“呼哧呼哧”地喘着粗气。

nǐ nán dào shì pǎo shàng shān de ma bǎ nǐ lèi chéng zhè
“你难道是跑上山的吗？把你累成这
yàng chuǎn qì jiù xiàng gǒu xióng yí yàng
样，喘气就像狗熊一样。”

shuō zhe xiǎo gū niang huí tóu yí kàn à jìng rán zhēn shi yì
说着小姑娘回头一看，啊！竟然真是一
tóu gǒu xióng gǒu xióng kàn zhe xiǎo gū niang jìng yǒu diǎnr bù zhī suǒ
头狗熊，狗熊看着小姑娘竟有点儿不知所
cuò le xiǎo gū niang shuō tīng rén shuō zhè ge shān shang de
措了。小姑娘说：“听人说，这个山上的
gǒu xióng kě hé qi le kàn lái zhēn shi zhè yàng a
狗熊可和气了，看来真是这样啊。”

xiǎo gū niang bǎ suí shēn dài de shí wù ràng gěi gǒu xióng chī
小姑娘把随身带的食物让给狗熊吃，
gǒu xióng shēn kāi shuò dà de bā zhang ná qǐ shí wù jiù chī xiǎo
狗熊伸开硕大的巴掌，拿起食物就吃。小
gū niang mō zhe gǒu xióng de shǒu shuō nǐ de shǒu hǎo dà ya
姑娘摸着狗熊的手说：“你的手好大呀，
nǐ kěn dìng shì ge dà lì shì wǒ men jiā yǒu xiē zhòng huó wǒ
你肯定是个大力士，我们家有些重活，我
men dōu gān bu dòng nǐ lái bāng wǒ men gàn huó ba
们都干不动，你来帮我们干活吧。”

yú shì dà gǒu xióng gēn zhe xiǎo gū niang huí jiā le tā bù yí
于是大狗熊跟着小姑娘回家了，它不一

huìr jiù bǎ suǒ yǒu de zhòng huór dōu gàn wán le xiǎo gū
会儿就把所有的重活儿都干完了。小姑

niang gěi gǒu xióng duān lái le hǎo chī de gǒu xióng yí huìr jiù chī
娘给狗熊端来了好吃的，狗熊一会儿就吃

guāng le
光了。

chī bǎo zhī hòu gǒu xióng gāo gāo xìng xìng de hé xiǎo gū niang
吃饱之后，狗熊高高兴兴地和小姑娘

dào bié huí shān li qù le
道别，回山里去了。

成长对话

小姑娘把狗熊当成了谁呢？你在动物园里见过狗熊吗？你觉得那里的狗熊真的像故事里的狗熊那样温柔吗？

哭泣的洋娃娃

一天，小象和小狐狸在外面散步时，在草地上发现了一个洋娃娃，她身上很脏，衣服被撕坏了，头也弄破了，肚子还很饿，正躺在草地上轻轻地抽泣呢。

小象和小狐狸问她："你为什么躺在这里哭啊？"洋娃娃说："我的主人不要我了，把我扔在这儿，我很难过。"小狐狸说：

"那你到我们家去吧！"

洋娃娃点点头，跟着小象和小狐狸回家了。

小象给洋娃娃换上了干净的衣服，小狐狸给她拿来了吃的东西，洋娃娃吃饱了，就躺在床上睡着了。

小象说："我们没有玩具给洋娃娃玩儿，可怎么办呢？"小狐狸想了想，说："不是好多小朋友都爱乱扔玩具吗？我们出去找一找，一定能找到很多。"小象和小狐狸走出门，真的找到了很多被扔掉的玩具。洋娃娃醒后，看到小象和小狐狸带回来的这些玩具，高兴极了。她的心里暖暖

de　　　tā hěn gǎn jī xiǎo xiàng hé xiǎo hú li　　 yě hěn xǐ ài zhè xiē
的，她很感激小象和小狐狸，也很喜爱这些

wán jù　　 tā cóng lái bù bǎ tā men suí biàn luàn diū luàn rēng
玩具，她从来不把它们随便乱丢乱扔。

成长对话

　　被人丢弃的洋娃娃在朋友们的热心帮助下，摆脱了困境。看到洋娃娃开心的样子，小象和小狐狸也感到很快乐。你能体会到吗？

海边的玛雅

玛雅的家住在一个小岛上，她的爸爸是个渔夫，而妈妈则每天在家里忙着做活儿。没有人陪玛雅玩儿，玛雅唯一的伙伴便是大海，大海给了玛雅平坦的海滩、洁白的浪花以及美丽的贝壳。玛雅每天都在海滩上玩耍。

直到有一天，玛雅对这些东西都厌倦了，她找到了爷爷。爷爷说："我们不能改变生活环境，遇到任何问题都得自己想办法。"玛雅又回到了海滩，她坐在海滩上静静地看着大海。突然，她捡起一根棍子，在海滩上画了一座房子，说也奇怪，她仿佛能自由地出入这座房子。然后，玛雅又画了一座花园，花园里的花美丽极了，还有醉人的芳香。玛雅就这样在海滩上画着，她再也不感觉寂寞了。

突然有一天，海上吹起了风暴，风暴把玛雅画的东西全部冲没了。玛雅坐在海滩上伤心地哭了。无情的大海带走了她那么多美好的东西。玛雅在海滩上坐了很久，突然，她又找到了一根棍子，她决定重新开

shǐ　　　tā huà le yì pǐ mǎ　　tā qí shàng mǎ　　duì zhe dà hǎi
始。她画了一匹马，她骑上马，对着大海

shuō　　jí shǐ nǐ dài zǒu le wǒ suǒ yǒu de dōng xi　　wǒ yě huì
说："即使你带走了我所有的东西，我也会

chóng xīn kāi shǐ de　　　mǎ yǎ xiào le　　hǎi làng yě wèi tā qīng qīng
重新开始的。"玛雅笑了，海浪也为她轻轻

de dǎ zhe jié pāi
地打着节拍。

成长对话

　　玛雅在海边找到了快乐，如果你有机会到海边玩，请你想想大海
最让你快乐的地方是什么？

路路的小猫

路路十分喜欢小猫，爸爸说："既然你这么喜欢小猫，我们就在网上登个收养小猫的广告吧。"

广告登出后的第一天，路路就听见"咚咚咚"的敲门声，打开门，她看见一个拿着小筐的女孩儿，女孩儿说："我奶奶家的猫生了5只宝宝，我把这只小黑猫送给你，对了。它叫黑皮。"

很多人看到广告后，也都给路路送来了自己家多余的小猫，路路家顿时成了猫的世界。

wǎn shang mā ma xià bān huí lái fā xiàn jiā li hěn luàn
晚上，妈妈下班回来，发现家里很乱，
jiù duì lù lu shuō lù lu zán men jiā de māo tài duō le nǐ
就对路路说：“路路，咱们家的猫太多了，你
zhǐ néng xuǎn yì zhī qí tā de bì xū sòng gěi bié ren
只能选一只，其他的必须送给别人。”

dāng tiān wǎn shang bà ba yòu zài wǎng shang fā le ge tiě
当天晚上，爸爸又在网上发了个帖
zi miǎn fèi zèng sòng xiǎo māo yǒu yì zhě qián lái lǐng qǔ
子：免费赠送小猫，有意者前来领取。

dì èr tiān lù lu qù shàng xué le mā ma
第二天，路路去上学了，妈妈
zài jiā děng zhe lái qǔ xiǎo māo de rén rén men
在家等着来取小猫的人。人们
cóng sì miàn bā fāng gǎn lái bǎ xiǎo māo dōu bào zǒu
从四面八方赶来，把小猫都抱走
le lù lu huí dào jiā fā xiàn
了。路路回到家，发现
xiǎo māo dōu bú jiàn le hái yǐ wéi
小猫都不见了，还以为
mā ma bǎ suǒ yǒu de māo dōu sòng gěi
妈妈把所有的猫都送给
bié ren le jiù shāng xīn de dà kū
别人了，就伤心地大哭
qi lai zhè shí tā fā xiàn hēi
起来。这时，她发现黑
pí cóng shā fā dǐ xia tàn chū tóu
皮从沙发底下探出头
lai nǐ zhè ge cōng míng
来，“你这个聪明
de xiǎo jiā huo nǐ
的小家伙，你

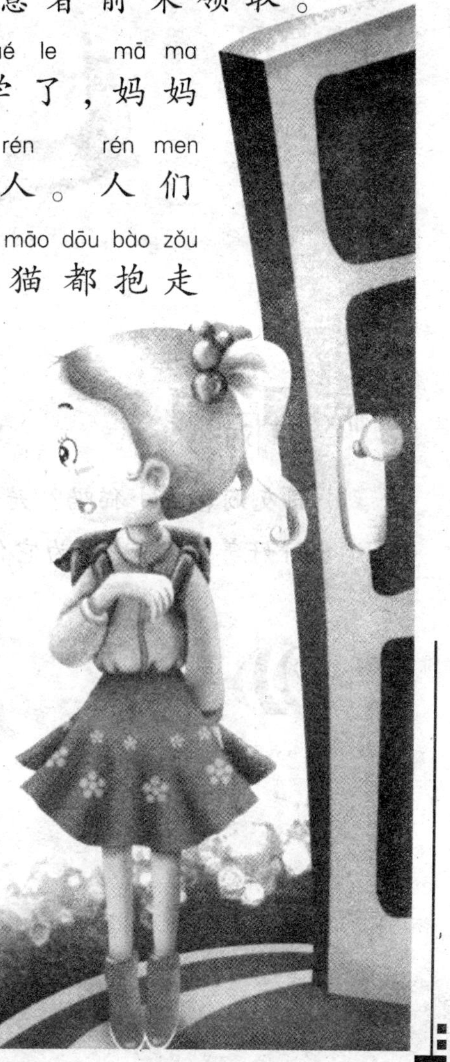

shě bú de lí kāi wǒ jìng rán zhī dào bǎ zì jǐ cáng qi lai wǒ
舍不得离开我，竟然知道把自己藏起来，我

yǐ hòu yí dìng huì duì nǐ hǎo de lù lu bào zhe xiǎo māo nán nán
以后一定会对你好的。"路路抱着小猫喃喃

de shuō
地说。

成长对话

小朋友们喜欢小猫吗？是不是也像路路一样呢？既然喜欢小动
物，就要好好善待它们，因为它们也是生命。我们要学会尊重生命！

跳破了的舞鞋

在一个遥远的国度里有12位美丽的公主。每天晚上，国王都会让她们在一个大厅里睡觉。但奇怪的是，第二天早上，她们的鞋就会坏掉。国王感到很奇怪，就发出通告说：谁能解开这个谜，就让他娶一位公主为妻。

通告

hěn duō rén dōu bào le míng kě méi yǒu chéng gōng de yí
很多人都报了名，可没有成功的。一
gè qióng kǔ de shì bīng tīng shuō le zhè jiàn shì yě xiǎng shì shi
个穷苦的士兵听说了这件事，也想试试，
jiù cháo wáng gōng zǒu qù
就朝王宫走去。

bàn lù shang tā bāng zhù le yí gè qióng kǔ de lǎo fù rén
半路上，他帮助了一个穷苦的老妇人。
lǎo fù rén sòng gěi tā yí jiàn yǐn shēn yī bìng qiě hái gào su tā
老妇人送给他一件隐身衣，并且还告诉他
shuō nǐ qiān wàn bú yào hē gōng zhǔ men gěi nǐ de jiǔ
说：“你千万不要喝公主们给你的酒。”

shì bīng gào bié le lǎo fù rén jiù lái dào wáng gōng tā zài
士兵告别了老妇人，就来到王宫。他在
gōng zhōng shòu dào le rè qíng de zhāo dài wǎn shang tā bèi dài
宫中受到了热情的招待。晚上，他被带
dào gōng zhǔ wò shì de qián tīng shuì jiào zhè shí dà gōng zhǔ zǒu
到公主卧室的前厅睡觉。这时，大公主走
guo lai dì gěi tā yì bēi jiǔ tā tōu tōu bǎ jiǔ dào diào rán
过来，递给他一杯酒。他偷偷把酒倒掉，然
hòu jiǎ zhuāng shuì zháo le
后假装睡着了。

gōng zhǔ men tīng dào tā de hān shēng yǐ
公主们听到他的鼾声，以
wéi tā shuì zháo le jiù lì kè huàn shàng le piào
为他睡着了，就立刻换上了漂
liang de yī fu dà gōng zhǔ yòng shǒu qiāo le
亮的衣服。大公主用手敲了
qiāo zì jǐ de chuáng chuáng biàn chén dào
敲自己的床，床便沉到
le dì xià dì miàn shang chū xiàn le yí
了地下，地面上出现了一

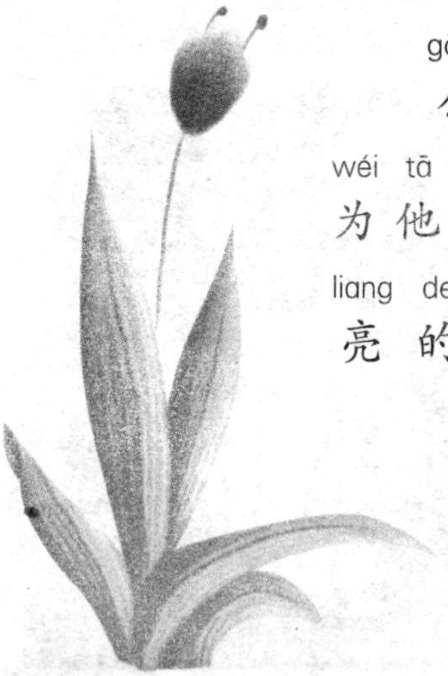

gè dòng kǒu tā men jiù cóng zhè ge dòng kǒu zǒu le xià qù shì
个洞口。她们就从这个洞口走了下去。士

bīng yí jiàn lián máng chuān shàng yǐn shēn yī gēn zhe tā men chuān
兵一见连忙穿上隐身衣，跟着她们穿

guō dòng kǒu tā fǎng fú lái dào le lìng yí ge shì jiè
过洞口，他仿佛来到了另一个世界。

shì bīng gēn zhe gōng zhǔ men chuān guò le yì tiáo lín yīn dào
士兵跟着公主们穿过了一条林荫道。

dào lù liǎng páng de shù shang quán dōu zhǎng mǎn le shǎn liàng de yín
道路两旁的树上，全都长满了闪亮的银

yè zi shì bīng shēn shǒu zhé le yì zhī zuò wéi yǐ hòu xiàng guó
叶子。士兵伸手折了一枝，作为以后向国

wáng jiě shì de zhèng jù
王解释的证据。

tā men yí lù wǎng qián zǒu jiē lián jīng guò le zhǎng zhe jīn
他们一路往前走，接连经过了长着金

shù yè hé zuàn shí shù yè de lín yīn dào shì bīng yòu gè zhé xià yì
树叶和钻石树叶的林荫道，士兵又各折下一

gēn shù zhī xiǎo xīn de fàng jìn le huái li
根树枝小心地放进了怀里。

zuì hòu gōng zhǔ men lái dào le yí zuò háo huá de gōng diàn
最后，公主们来到了一座豪华的宫殿。

zhè lǐ yǒu wèi wáng zǐ tā men tiào qǐ huān kuài de wǔ
这里有12位王子。她们跳起欢快的舞

lai zhí dào jiǎo shang de xié zi dōu huài diào le cái lí kāi
来，直到脚上的鞋子都坏掉了才离开。

dì èr yè yě shì rú cǐ dì sān tiān wǎn shang shì bīng yòu
第二夜也是如此，第三天晚上，士兵又

cóng gōng diàn li dài huí le yí gè jiǔ bēi
从宫殿里带回了一个酒杯。

tā ná zhe shù zhī hé jiǔ bēi qù jiàn guó wáng bǎ kàn dào de
他拿着树枝和酒杯去见国王，把看到的

shì qing yī wǔ yī shí de jiǎng le chū lái guó wáng zhōng yú míng
事情一五一十地讲了出来。国王终于明

bai le xié zi de mì mì guó wáng duì xiàn le nuò yán bǎ yí wèi
白了鞋子的秘密。国王兑现了诺言，把一位

gōng zhǔ jià gěi le shì bīng
公主嫁给了士兵。

成长对话

　　士兵没有显赫的身世，也没有巨额的财产，他却为自己赢得了幸福。这一切都源于他善良的心地和睿智的头脑，这是不是十分值得我们学习呢？

小女巫萨沙

小女巫萨沙穿着粉色的长袍，戴着紫色的尖顶帽子，乌黑的大眼睛一闪一闪的，非常漂亮。

一天夜里，小女巫萨沙偷偷溜进了人类的世界。

萨沙骑着扫帚，在楼群间穿行，每栋大楼的每个窗口前她都要停留一会儿，让扫帚发出"哗啦、哗啦"的声音。可是，所有的人都不向窗外看。他们的眼睛都紧盯着一个奇怪的大方盒子，那里面有人说话、唱歌，还放射出五颜

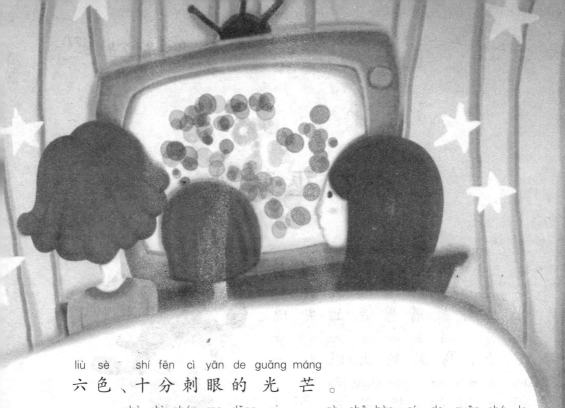

六色、十分刺眼的光芒。

"这是什么东西？"萨沙好奇地观察了很长时间，突然惊慌地大喊："哎呀，那一定是一个魔力非常大的妖怪，它已经把这座城市占领了，把人们都变成了没有思想的木头人，真可怜，我一定要解救这里的大人和小孩儿！"

魔法书上说，所有的妖怪都怕雷电。于是，小女巫萨沙钻到云层里收集了一束又一束雷电，然后让它们钻进每一个妖怪的身体里，那些妖怪立刻剧烈地颤抖起来，还不时地发出痛苦的"噼啪"声，最后"噗"地冒出一股青烟……

　　整个城市一下子安静了，因为所有的电视机突然都没了声音，没了图像，包括那些各种各样的音响也都变成了哑巴。

　　那么，没有了电视和音响，人们的生活又会发生什么样的变化呢？大人们开始走出了家门和邻居聊天了，也有时间坐下来耐心地听听孩子说说他们的心里话了；孩子们也不再总是对着电视，而是有了更多的时间去草坪上踢足球、放风筝……

　　每次，当小女巫

萨沙骑着扫帚飞行的时候，总会听见有人大喊："看！一个骑着扫帚飞的女巫！"看来！人们是真的清醒了！

小朋友，赶快把你们的眼睛从电视上移开吧，打开窗子，看看外面，也许可爱的小女巫萨沙正骑着扫帚"哗啦、哗啦"地从你的窗前飞过呢，快点走出家门和她一起快乐地玩儿吧！

成长对话

当越来越多的消遣、娱乐工具走进人们的生活时，我们却忽视了更多身边的美景，忽略了关心我们的亲人，希望小朋友们看了故事之后，有一定的启发。

保护孩子的小狗

cóng qián yǒu ge xiǎo nǚ hái hé
从 前 有 个 小 女 孩 和
mǔ qīn xiāng yī wéi mìng   zài
母 亲 相 依 为 命。 在
tā suì nà nián wéi yī de
她 5 岁 那 年， 唯 一 的
qīn rén yě lí tā ér qù le
亲 人 也 离 她 而 去 了，
mǔ qīn lín zhōng qián duì tā
母 亲 临 终 前 对 她
shuō   hái zi   mā ma
说："孩 子， 妈 妈
yǐ hòu zài yě bù néng bǎo
以 后 再 也 不 能 保
hù nǐ le   wǒ gěi nǐ liú xià yí gè wán jù
护 你 了， 我 给 你 留 下 一 个 玩 具
gǒu   yǐ hòu rú guǒ nǐ yǒu kùn nan le   zhǐ yào wèi tā yí kuàir
狗， 以 后 如 果 你 有 困 难 了， 只 要 喂 它 一 块 儿
gǔ tóu   tā jiù huì bāng zhù nǐ de
骨 头， 它 就 会 帮 助 你 的。"

yú shì xiǎo nǚ hái dài zhe mā ma gěi tā de wán jù gǒu kāi
于 是， 小 女 孩 带 着 妈 妈 给 她 的 玩 具 狗 开
shǐ le liú làng de shēng huó   tā lái dào yí gè gǔ lǎo de chéng
始 了 流 浪 的 生 活。 她 来 到 一 个 古 老 的 城
bǎo nà lǐ de lǎo pó po shōu liú le tā   kě shì zài chéng bǎo de
堡， 那 里 的 老 婆 婆 收 留 了 她， 可 是 在 城 堡 的

另一端住着一个老巫婆，她每天晚上都到城堡里搜寻小孩吃。第一天晚上，小女孩给了玩具狗一块儿骨头，小狗就说话了："你今天把我放在门口再去睡觉，就会没事的。"小女孩照着做了。女巫来的时候，门口的小狗就变成了小女孩的样子，女巫一口就把它吞了下去，但没吃出什么味道。

女巫回到家里就睡觉了，等女巫睡着了以后，玩具狗就从女巫的耳朵里偷偷地溜了出来，又回到了小

nǚ hái de shēn biān
女孩的身边。

　　jiù zhè yàng　　nǚ wū měi tiān chī de xiǎo nǚ hái dōu shì wán jù
　　就这样，女巫每天吃的小女孩都是玩具

gǒu biàn de　　suǒ yǐ tā jiù xiàng shén me dōu méi chī guo yí yàng
狗变的，所以她就像什么都没吃过一样，

méi duō jiǔ jiù bèi è sǐ le　　cóng cǐ　　xiǎo nǚ hái hé lǎo pó po
没多久就被饿死了。从此，小女孩和老婆婆

guò shàng le xìng fú　　kuài lè de shēng huó
过上了幸福、快乐的生活。

成长对话

　　恶毒的女巫要吃掉可怜的小女孩，聪明的玩具狗不但救了小女孩，还饿死了女巫。孩子们应该记住：面对强大的敌人时，要沉着冷静，运用智慧去战胜他。

霍勒大妈

从前有个寡妇，她有两个女儿，一个是又丑又懒的亲生女儿，一个是丈夫的前妻留下的勤劳而漂亮的女儿。

这个寡妇的心地十分恶毒，虽然丈夫和前妻留下的女孩勤劳又善良，但是寡妇却一点儿都不喜欢她，而且还经常打她、骂她，但对那个又丑又懒的亲生女儿则非常疼爱。

一天，勤劳的姑娘在井边洗纺锤，不小心把纺锤掉进了井里。

姑娘害怕继母骂她，就跳进井里去找纺锤。当她苏

xǐng guo lai shí jìng fā xiàn zì jǐ tǎng zài bì lǜ de cǎo dì shang
醒过来时，竟发现自己躺在碧绿的草地上。

tā zhàn qǐ shēn lai fā xiàn yuǎn chù yǒu yí gè zhèng kǎo zhe
她站起身来，发现远处有一个正烤着

miàn bāo de kǎo lú miàn bāo zài lǐ miàn shuō kuài bǎ wǒ qǔ
面包的烤炉。面包在里面说："快把我取

chu lai ba wǒ jiù yào bèi kǎo jiāo la gū niang ná qǐ miàn bāo
出来吧，我就要被烤焦啦！"姑娘拿起面包

chǎn hěn nài xīn de bǎ miàn bāo yí gè gè quán qǔ le chū lái
铲，很耐心地把面包一个个全取了出来。

tā jì xù wǎng qián zǒu zài yí zuò xiǎo fáng zi qián yù jiàn le
她继续往前走，在一座小房子前遇见了

chuán shuō zhōng miàn mù kě pà què xīn dì shàn liáng de huò lè dà
传说中面目可怕却心地善良的霍勒大

mā huò lè dà mā ràng gū niang zài zhè lǐ zhù xià tì tā zuò xiē
妈。霍勒大妈让姑娘在这里住下，替她做些

jiā wù gū niang tóng yì le rì zi yì
家务，姑娘同意了。日子一

cháng gū niang xiǎng jiā le huò lè
长，姑娘想家了。霍勒

dà mā lǐng tā lái dào
大妈领她来到

yí shàn mén qián gū
一扇门前，姑

niang gāng zǒu jìn mén
娘刚走进门，

yí lì lì jīn
一粒粒金

zi jiù xiàng
子就像

yǔ diǎn bān luò
雨点般落

下来，粘在她的衣服上。"这是你应得的。"霍勒大妈说。

看到姑娘浑身上下粘满了金子回来，继母和她的女儿对她表现出了从未有过的亲热。继母听了她的经历非常羡慕，决定让她那又丑又懒的女儿也去弄些金子回来。

懒姑娘也来到了那片草地。当然她也遇到了会说话的面包，不过，她才没去帮它们！

不久，懒姑娘便来到霍勒大妈的小房子前。霍勒大妈也让她干家务活儿，她同意了。刚开始，她还装出勤快的样

zi kě jiàn jiàn de tā lián chuáng dōu lǎn de qǐ le jǐ tiān
子，可渐渐地，她连床都懒得起了。几天

hòu huò lè dà mā jiù duì tā gǎn dào shí fēn yàn fán ràng tā mǎ
后，霍勒大妈就对她感到十分厌烦，让她马

shàng huí jiā
上回家。

rán ér dāng huò lè dà mā ràng tā zǒu guò nà shàn dà mén
然而，当霍勒大妈让她走过那扇大门

shí shàng miàn què luò xià le lì qīng yǔ tā duǒ yě duǒ bu kāi
时，上面却落下了沥青雨，她躲也躲不开，

lì qīng quán dōu láo láo de zhān zài le tā de shēn shang tā yí
沥青全都牢牢地粘在了她的身上。她一

bèi zi dōu méi yǒu nòng diào
辈子都没有弄掉。

成长对话

　　勤劳的人会用自己的双手去创造幸福的生活，因此他们会得到别人的尊重与信任；而懒惰者则会一无所获。

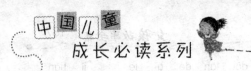

郁金香花坛

郁金香花坛是老妇人的骄傲，她精心地照料着花坛。每个路过的人都会忍不住停下来欣赏。

在郁金香花丛中有一些小人儿，人们把她们叫做仙女。

仙女们常在园子边的田野里玩耍、唱歌、跳舞。可是到了晚上，她们却无法使自己的孩子入睡。小孩子们在摇床上哭闹，弄得母亲们几乎都要疯了。她们差不多要整夜坐在孩子们身边唱催眠曲，不能去跳舞。

后来，一位仙女妈妈想出一个聪明的办法。傍

wǎn tā bào zhe hái zi lái dào yuán zi li qīng qīng de bǎ hái zi
晚，她抱着孩子来到园子里，轻轻地把孩子

fàng zài yì duǒ huáng sè yù jīn xiāng huā li tā zài huā shang pán
放在一朵黄色郁金香花里。她在花上盘

xuán fēi xiáng chàng zhe yì zhī duǎn xiǎo de cuī mián qǔ yù jīn
旋飞翔，唱着一支短小的催眠曲，郁金

xiāng huā zài wǎn fēng zhōng qīng qīng yáo yè hái zi hěn kuài jiù shuì
香花在晚风中轻轻摇曳，孩子很快就睡

zháo le
着了。

dì èr tiān wǎn shang suǒ yǒu xiǎo háir de mā ma dōu xiàng
第二天晚上，所有小孩儿的妈妈都像

nà wèi xiān nǚ yí yàng bǎ xiǎo háir dài dào yù jīn xiāng huā tán
那位仙女一样，把小孩儿带到郁金香花坛，

tiāo xuǎn gè zì zuì xǐ ài de nà zhǒng yán sè de yù jīn xiāng huā
挑选各自最喜爱的那种颜色的郁金香花，

bǎ xiǎo háir fàng zài
把小孩儿放在

lǐ miàn bù jiǔ
里面。不久，

zhěng gè huā tán biàn
整个花坛便

xiǎng qǐ le qīng róu de
响起了轻柔的

cuī mián qǔ shēng
催眠曲声。

guò le yí huìr
过了一会儿，

zài yáo huàng zhe
在摇晃着

de huā duǒ li
的花朵里，

hái zi men jiù jìn rù le tián mì de mèng xiāng
孩子们就进入了甜蜜的梦乡。

cóng nà shí kāi shǐ yù jīn xiāng zhǎng de gèng xiān yàn gèng
从那时开始，郁金香长得更鲜艳、更
měi lì le tā men hái bèi xiān nǚ men fù yǔ le yì zhǒng tè shū
美丽了，它们还被仙女们赋予了一种特殊
de xiāng qì cūn li rén dōu shuō wǎn shang cóng nà lǐ zǒu guò
的香气。村里人都说，晚上从那里走过，
jiù huì tīng dào xiān nǚ men de gē shēng lǎo fù rén cóng bù zhāi xià
就会听到仙女们的歌声。老妇人从不摘下
yì duǒ huā zǒng shì ràng tā men zì rán diāo xiè
一朵花，总是让它们自然凋谢。

hòu lái lǎo fù rén qù shì le tā de dōng xi bèi mài diào
后来，老妇人去世了。她的东西被卖掉
le xiǎo wū bèi yí gè pí qi hěn huài de rén mǎi qù le chūn tiān
了，小屋被一个脾气很坏的人买去了。春天
dào le tā bǎ suǒ yǒu de yù jīn xiāng qiú jīng dōu bá chu lai rēng
到了，他把所有的郁金香球茎都拔出来扔
diào zài nà kuài dì li zhòng shàng le ōu qín xiān nǚ men jiàn
掉，在那块地里种上了欧芹。仙女们见
le fēi cháng shēng qì yīn wèi zhè yàng tā men jiù méi yǒu dì fang
了，非常生气，因为这样她们就没有地方
fàng xiǎo háir le xiān nǚ men rèn wéi yù jīn
放小孩儿了。仙女们认为，郁金
xiāng huā tán yīng gāi shì tā men de tā men jué dìng
香花坛应该是她们的。她们决定
bào fù nà ge huài pí qi de rén cóng cǐ nà ge
报复那个坏脾气的人。从此，那个
huài pí qi de rén bù guǎn zài nà
坏脾气的人不管在那
kuài dì li zhòng shén me dōu fā bu
块地里种什么都发不

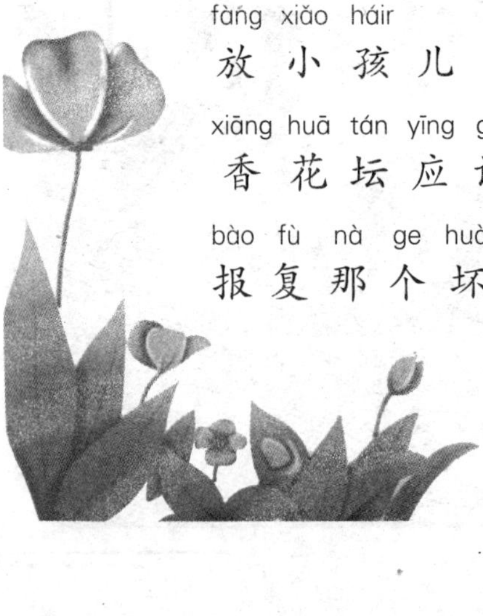

了芽，最后那块地荒芜了。

虽然仙女们还得另想办法，但她们不会忘记那些友好的人。老妇人去世后，照顾她坟墓的老友们也相继去世了，再没有人照料她的坟墓了。可令人惊奇的是，她的坟上总是充满生机，而且从来都不长野草。并且每到月圆之夜，就会有仙女们为她轻唱挽歌。

成长对话

每一种花都有自己的花语，就像郁金香花，它让孩子们拥有甜蜜的梦，这是花儿们对老妇人精心照顾的回报。那么在你心里有没有最美丽的花儿呢？

蜡烛姑娘

从前，有位善良的老爷爷，他做了个蜡烛姑娘。一天，蜡烛姑娘飞走了。

她飞到一个小村子的上空，看见一个小女孩儿在伤心地哭。蜡烛姑娘看见她哭得这么伤心，便问道："小女孩儿，你为什么哭得这么伤心呢？"小女孩儿回答说："最近老国王死了，我们村里很多人都做了陪葬。"蜡烛姑娘说："小妹妹，我一定会去

jiù tā men de
救他们的。"

yú shì   là zhú gū niang hé xiǎo nǚ háir   yì qǐ lái dào guó
于是，蜡烛姑娘和小女孩儿一起来到国

wáng de mù qián   tā men duǒ guò shǒu wèi bìng dǎ kāi le mù mén
王的墓前，她们躲过守卫并打开了墓门。

fén mù li qī hēi yí piàn   là zhú gū niang diǎn rán le zì jǐ de
坟墓里漆黑一片，蜡烛姑娘点燃了自己的

huā huán   péi zàng de rén zài zhú guāng de zhào yào xià   yí gè gè
花环，陪葬的人在烛光的照耀下，一个个

wǎng mù wài zǒu   kě shì   là zhú gū niang de huā huán hěn kuài jiù
往墓外走。可是，蜡烛姑娘的花环很快就

shāo wán le   rén men yòu chóng xīn yān mò zài hēi àn zhī zhōng
烧完了，人们又重新淹没在黑暗之中。

xiàn rù hēi àn zhōng de rén men luàn zuò yì tuán   zhè xià kě
陷入黑暗中的人们乱作一团。这下可

jí huài le là zhú gū niang   tā xīn li xiǎng   yào shi rén men kàn
急坏了蜡烛姑娘，她心里想：要是人们看

bu jiàn chū qù de lù   nà tā men jiù dōu huì kùn sǐ zài lǐ miàn
不见出去的路，那他们就都会困死在里面。

xiǎng dào zhè lǐ   là zhú gū niang
想到这里，蜡烛姑娘

háo bù yóu yù de diǎn rán
毫不犹豫地点燃

le zì jǐ de tóu fa
了自己的头发。

hū   de yí xià   là
"呼"的一下，蜡

zhú gū niang de tóu fa
烛姑娘的头发

quán shāo zháo le   jiē zhe tā
全烧着了，接着她

quán shēn yě rán shāo qǐ lai zhào de mù zhōng yí piàn guāng míng
全身也燃烧起来，照得墓中一片光明，

mù zhōng de rén jiè zhù zhè guāng liàng yī cì zǒu chū le fén mù
墓中的人借助这光亮依次走出了坟墓。

zuì hòu suǒ yǒu de rén dōu dé jiù le ér là zhú gū niang què róng
最后所有的人都得救了。而蜡烛姑娘却熔

huà le yīn wèi tā de shàn liáng tā biàn chéng le yì duǒ cǎi yún
化了，因为她的善良，她变成了一朵彩云，

piāo xiàng lán tiān suī rán rú cǐ tā réng jì xù bāng zhù nà xiē
飘向蓝天。虽然如此，她仍继续帮助那些

xū yào bāng zhù de rén
需要帮助的人。

nà xiē bèi là zhú gū niang jiù chu lai de rén men shēng huó de
那些被蜡烛姑娘救出来的人们生活得

dōu hěn xìng fú là zhú gū niang yě yì zhí huó zài tā men xīn li
都很幸福，蜡烛姑娘也一直活在他们心里。

成长对话

蜡烛姑娘用自己的生命救出了陪葬的人们。读过这个故事，你是否会反思，自己有没有像蜡烛姑娘那样，在危急时刻挺身而出呢？

老 路 灯

在一个偏僻的巷子里亮着一盏老路灯，它已经不记得自己站在这个巷子里多少年了，也不知道为多少人照亮了回家的路。

老路灯老了，因为它感觉自己的灯丝马上就要熔断了。这天，暮色刚刚降临，老路灯就点亮了自己，它那昏黄的光亮照着这个偏僻的小巷。它又回忆起自己年轻的时候，那时候它可以把这条小巷照得通亮。透过窗子，它还看见有人借着它发出的光亮读书呢。

老路灯正回忆着，突然听到巷子那头有呼救声，原来，一个女孩儿被歹徒抢劫了。老路灯听到女孩儿的呼救声，很着急，可是它已经老了，如果想再亮一点儿，就会烧断灯丝的。

可是老路灯还是憋足了劲儿。它发出了明亮的光，照到了巷子的那头。歹徒看见灯光，吓跑了。而老路灯则烧断了灯丝，熄灭了。老路灯感觉到了死亡，但是它一点儿也不后悔。

dì èr tiān   rén men zhèng yào bǎ lǎo lù dēng zhāi xia lai   qián
第二天，人们 正要把老路灯摘下来，前

yì wǎn de nà ge nǚ háir   lái le   tā gěi lǎo lù dēng dài lái le
一晚的那个女孩儿来了，她给老路灯带来了

xīn de dēng pào   tā zhōng yú yòu kě yǐ wèi rén men zhào liàng le
新的灯泡，它终于又可以为人们照亮了。

老路灯奉献了自己救了面临危险的女孩儿，相信在我们的生活中也一样有许多像老路灯一样乐于奉献、在危难之中挺身而出的勇士，他们身上的这种勇气与年龄、身份、地位无关，如果换了你，你能够做到吗？

小鞭炮的歌

xiǎo biān pào guà zài yì suǒ jiù fáng zi
小鞭炮挂在一所旧房子

de wū yán xià fáng zi li zhù zhe lǎo pó
的屋檐下，房子里住着老婆

po hé tā de xiǎo sūn nǚ tā men de shēng
婆和她的小孙女，她们的生

huó guò de hěn jiān nán píng rì li méi yǒu
活过得很艰难，平日里没有

shén me huān lè kě yán
什么欢乐可言。

xiǎo biān pào hěn xiǎng bāng zhù tā men
小鞭炮很想帮助她们，

gěi tā men sòng qù xiē huān lè kě shì rì zi yì tiān tiān guò qù
给她们送去些欢乐，可是日子一天天过去

le xiǎo biān pào xiǎng bu chū shén me bàn fǎ lái bāng zhù tā men
了，小鞭炮想不出什么办法来帮助她们，

tā hái shi wú shēng wú xī de guà zài nàr
它还是无声无息地挂在那儿。

qiū tiān dào le xiǎo biān pào de péng yǒu yàn zi yào fēi dào nán
秋天到了，小鞭炮的朋友燕子要飞到南

fāng qù le yàn zi lái xiàng xiǎo biān pào dào bié xiǎo biān pào
方去了。燕子来向小鞭炮道别。小鞭炮

shuō yàn zi nǐ zǒu le lǎo pó po hé xiǎo nǚ hái jiù gèng
说："燕子，你走了，老婆婆和小女孩儿就更

gū dān le wǒ duō xiǎng dài gěi tā men kuài lè a kě shì wǒ
孤单了！我多想带给她们快乐啊，可是我

做不到。"燕子说:"我去过一个地方,那里的人们过年时就会燃放一串串鞭炮,鞭炮会放出美丽的亮光,还会唱出响亮的歌,人们见了都很开心。但是鞭炮燃放后,它自己就会变成碎片!"小鞭炮听后决定燃放自己,给老婆婆和小女孩儿带来一点儿欢乐。

再过几天正好就是新年。这天,别人家里都买了很多过年

de dōng xi　　tā men dōu hěn kāi xīn　　ér lǎo pó po hé xiǎo nǚ háir
的东西，他们都很开心，而老婆婆和小女孩

què méi yǒu qián mǎi nián huò　　zhǐ hǎo zuò zài dī ǎi de wū zi li
儿却没有钱买年货，只好坐在低矮的屋子里

àn zì shāng xīn　　xiǎo biān pào biē zú le jìnr　　huǎng dòng zhe
暗自伤心。小鞭炮憋足了劲儿，晃动着

shēn zi　　měng de jiē chù dào le cóng huǒ pén li piāo shang lai de
身子，猛地接触到了从火盆里飘上来的

yì kē huǒ xīng　　zhǐ tīng pēng de yì shēng　　lǎo pó po hé xiǎo
一颗火星，只听"砰"的一声，老婆婆和小

nǚ háir　　kàn dào le yì duǒ xiān yàn duó mù de　　huā ér　　tīng
女孩儿看到了一朵鲜艳夺目的"花儿"，听

dào le xiǎo biān pào chàng chū de xiǎng liàng de　　gē　　tā men zhōng
到了小鞭炮唱出的响亮的"歌"，她们终

yú kāi xīn de xiào le
于开心地笑了。

成长对话

　　小鞭炮真伟大，为了让老婆婆和小女孩儿快乐不惜牺牲自己。小鞭炮以帮助他人为荣，这让我们明白只有付出真心去帮助别人，才能得到快乐。读了故事，你的心中是否充满感动呢？

野菊花

huā yuán de lí ba wài biān zhǎng zhe yì zhū yě jú huā chūn
花园的篱笆外边长着一株野菊花。春

tiān huā yuán li de huā ér men zài yuán dīng de zhào gù xià zhàn
天，花园里的花儿们在园丁的照顾下，绽

fàng chū měi lì de xiào yán xiǎo xiǎo de yě jú huā yě kāi chū le
放出美丽的笑颜。小小的野菊花也开出了

yì duǒ duǒ huáng sè de huā kě hú dié mì fēng xiǎo niǎo dōu
一朵朵黄色的花。可蝴蝶、蜜蜂、小鸟都

xǐ huan hé huā yuán li de huā ér men wánr méi yǒu shéi zhù yì
喜欢和花园里的花儿们玩儿，没有谁注意

lí ba wài biān de yě jú huā
篱笆外边的野菊花。

yě jú huā suī rán méi yǒu mì fēng hú dié hé niǎo
野菊花虽然没有蜜蜂、蝴蝶和鸟

ér zhè xiē péng you dàn shì tā yì diǎnr dōu
儿这些朋友，但是她一点儿都

bù shāng xīn yī rán jìng jìng de kāi fàng
不伤心，依然静静地开放。

yǒu yì tiān　　yì zhī diào pí de xiǎo huā gǒu zuàn chū le　lí ba　lái
有一天，一只调皮的小花狗钻出了篱笆，来

dào le yě jú huā páng biān　　xiǎo huā gǒu hé yě jú huā jiāo shàng le
到了野菊花旁边。小花狗和野菊花交上了

péng you　　xiǎo huā gǒu měi tiān dōu huì chuān guò lí ba lái kàn wàng
朋友。小花狗每天都会穿过篱笆来看望

yě jú huā
野菊花。

　　yì tiān　　xiǎo huā gǒu de hóu lóng fā yán le　　tā xū ruò de
一天，小花狗的喉咙发炎了，他虚弱地

tǎng zài yě jú huā de shēn biān　　yě jú huā hěn shāng xīn　tā duì
躺在野菊花的身边。野菊花很伤心，她对

xiǎo huā gǒu shuō　　xiǎo huā gǒu gē ge · nǐ zhāi yì xiē wǒ de huā
小花狗说："小花狗哥哥，你摘一些我的花

bàn fàng zài zuǐ li jiáo jiao　bìng jiù huì hǎo de　　xiǎo huā gǒu zhāi
瓣放在嘴里嚼嚼，病就会好的。"小花狗摘

le yì xiē yě jú huā de huā bàn fàng zài zuǐ li jiáo le qǐ lái　guǒ
了一些野菊花的花瓣放在嘴里嚼了起来，果

rán　xiǎo huā gǒu de hóu lóng shū fu duō le　　méi guò jǐ tiān　xiǎo
然，小花狗的喉咙舒服多了。没过几天，小

huā gǒu jiù huī fù
花狗就恢复

le jiàn kāng
了健康。

ér xiàn zài yě
而现在野

jú huā què zhǐ shèng
菊花却只剩

xià yì duǒ huā ér
下一朵花儿

le　bú guò　tōng
了，不过，通

guò zhè jiàn shì hú dié　　 mì fēng hé niǎo ér men dōu lái hé tā jiāo
过 这 件 事 蝴 蝶 、蜜 蜂 和 鸟 儿 们 都 来 和 她 交

péng you le
朋 友 了。

成长对话

　　野菊花虽然孤独,但它并没有孤芳自赏,而是热情地帮助生病的小狗。野菊花也因此拥有了许多朋友。你是不是也曾静静地享受孤独,只要你拥有一颗善良的心,你一定会像野菊花一样获得友谊和快乐!

勇敢的布尔加

布尔加是个勇敢而又美丽的女孩儿，她热情大方、聪明可爱，还会跳各种舞蹈，因此部落里的人都很喜欢她。布尔加的父亲去世后，她便和母亲相依为命。

母亲经常带她去打猎，部落里的人都说："别去打猎了，小心被森林里的妖怪抓住。"她的母亲没把乡亲们的话放在心上。果然，在一次打猎途中，母女俩碰到了妖怪。

布尔加偷偷地告诉母亲说："妈妈，一会儿你假装昏过去。"妖怪刚要动手抓布

ěr jiā de mǔ qīn　　tā jiù hūn guo qu
尔加的母亲，她就昏过去

le　　yú shì　yāo guài duì bù ěr jiā
了。于是，妖怪对布尔加

shuō　　bié pà　xiǎo gū niang　wǒ bù
说："别怕，小姑娘，我不

chī nǐ　fàng xīn ba　chī nǐ mā ma jiù
吃你，放心吧，吃你妈妈就

gòu le　wǒ hái xiǎng kàn nǐ tiào wǔ ne　　nǐ bāng wǒ ná zhe dāo
够了，我还想看你跳舞呢。你帮我拿着刀

jiù xíng le　　yú shì　bù ěr jiā ná zhe dāo gēn zhe yāo guài xiàng
就行了。"于是，布尔加拿着刀跟着妖怪向

yāo guài de jiā zǒu qù　　lù shang　tā qiāo qiāo bǎ dāo rēng le
妖怪的家走去。路上，她悄悄把刀扔了。

huí dào jiā　yāo guài xiǎng yào yòng dāo shā sǐ bù ěr jiā de mā ma
回到家，妖怪想要用刀杀死布尔加的妈妈，

jiù xiàng bù ěr jiā yào dāo　bù ěr jiā shuō　　dāo ràng wǒ rēng zài
就向布尔加要刀，布尔加说："刀让我扔在

lù shang le　　yāo guài qì huài le　gǎn jǐn huí qù zhǎo dāo
路上了。"妖怪气坏了，赶紧回去找刀。

jiàn yāo guài zǒu yuǎn le　　bù ěr jiā dài zhe mǔ qīn táo le
见妖怪走远了，布尔加带着母亲逃了

chū lái
出来。

成长对话

善良勇敢的布尔加，面对妖怪仍然镇定自若，运用智慧救出了母亲。孩子们，从这个故事中，你学到了什么呢？

兄妹俩

从前，有一对儿兄妹，他们的感情很好。一天，妹妹在海边玩儿，一个大浪打来，妹妹被冲进了海里不见了，哥哥坚信妹妹一定没有死，他决定走遍天涯海角去寻找妹妹。

有一个神仙被兄妹俩的深情感动了，他便把哥哥变成了一只白鸽，让他飞上了高空。随后，神仙用手指了指远方的一座小岛。

原来，妹妹

piāo dào le yí gè xiǎo dǎo shang shì dǎo guó de guó wáng bǎ tā jiù
漂到了一个小岛上，是岛国的国王把她救

le bái gē fēi dào le wáng gōng duì zhe mèi mei bù tíng de jiào
了。白鸽飞到了王宫，对着妹妹不停地叫

zhe mèi mei gǎn jué dào zhè zhī gē zi jiù shì zì jǐ de gē ge
着，妹妹感觉到这只鸽子就是自己的哥哥。

tā dà hǎn qi lai gē ge shì nǐ ma mèi mei gāng yì hǎn
她大喊起来："哥哥，是你吗？"妹妹刚一喊

wán gē zi biàn xiàn chū le yuán xíng xiōng mèi liǎ jǐn jǐn de bào
完，鸽子便现出了原形，兄妹俩紧紧地抱

zài le yì qǐ
在了一起。

成长对话

　　坚定的信念会带领我们朝着目标前进，即使遇到再大的风险我们也会获得成功。故事中的哥哥坚信一定能够找到妹妹，正是他执著的精神使他完成了心愿。可见，坚定的信念和执著的精神会带领我们走向成功！

海的女儿

有一个小男孩儿孩特别喜欢在大海边玩儿。有一次，他正玩儿得高兴，从海里走出一个美丽的小女孩儿，她戴着美丽的珍珠项链，穿着海带做的裙子，她就像大海的女儿一样迷人。

小男孩儿和小女孩儿成了好朋友，小女孩儿给他讲海底的情形：在小女孩儿的家里，有照顾她起居的大章鱼，有给她上课的海龟爷爷，有成群的小金鱼和她一起玩儿，海底还有美丽的花园和游乐园。小男孩儿被海底世界迷住了，非常想去海底看一看。

小男孩儿送给小女孩儿许多好玩儿的东西，有玫瑰花、棒棒糖、电动玩具、连环画册等，小女孩儿看到以后爱不释手。

可是有一天，小女孩儿突然告诉小男孩儿，她们要搬到很远很远的地方去了。

小男孩儿很难过，于是就在海边等啊等。好多天过去了，有一天，海上漂来一只装着信的漂流瓶，在信中小女孩儿邀请小男孩儿去她的新家玩儿。于是，小男

<ruby>孩<rt>hái</rt></ruby><ruby>儿<rt>r</rt></ruby><ruby>在<rt>zài</rt></ruby><ruby>一<rt>yì</rt></ruby><ruby>只<rt>zhī</rt></ruby><ruby>海<rt>hǎi</rt></ruby><ruby>豚<rt>tún</rt></ruby><ruby>的<rt>de</rt></ruby><ruby>带<rt>dài</rt></ruby><ruby>领<rt>lǐng</rt></ruby><ruby>下<rt>xià</rt></ruby><ruby>开<rt>kāi</rt></ruby><ruby>始<rt>shǐ</rt></ruby><ruby>了<rt>le</rt></ruby><ruby>海<rt>hǎi</rt></ruby><ruby>上<rt>shang</rt></ruby><ruby>漂<rt>piāo</rt></ruby>

<ruby>流<rt>liú</rt></ruby>，<ruby>见<rt>jiàn</rt></ruby><ruby>识<rt>shi</rt></ruby><ruby>了<rt>le</rt></ruby><ruby>很<rt>hěn</rt></ruby><ruby>多<rt>duō</rt></ruby><ruby>奇<rt>qí</rt></ruby><ruby>异<rt>yì</rt></ruby><ruby>的<rt>de</rt></ruby><ruby>景<rt>jǐng</rt></ruby><ruby>色<rt>sè</rt></ruby>，<ruby>终<rt>zhōng</rt></ruby><ruby>于<rt>yú</rt></ruby><ruby>到<rt>dào</rt></ruby><ruby>了<rt>le</rt></ruby><ruby>小<rt>xiǎo</rt></ruby><ruby>女<rt>nǚ</rt></ruby>

<ruby>孩<rt>hái</rt></ruby><ruby>儿<rt>r</rt></ruby><ruby>的<rt>de</rt></ruby><ruby>新<rt>xīn</rt></ruby><ruby>家<rt>jiā</rt></ruby>，<ruby>大<rt>dà</rt></ruby><ruby>家<rt>jiā</rt></ruby><ruby>很<rt>hěn</rt></ruby><ruby>快<rt>kuài</rt></ruby><ruby>乐<rt>lè</rt></ruby><ruby>地<rt>de</rt></ruby><ruby>在<rt>zài</rt></ruby><ruby>一<rt>yì</rt></ruby><ruby>起<rt>qǐ</rt></ruby><ruby>度<rt>dù</rt></ruby><ruby>过<rt>guò</rt></ruby><ruby>了<rt>le</rt></ruby><ruby>幸<rt>xìng</rt></ruby>

<ruby>福<rt>fú</rt></ruby><ruby>的<rt>de</rt></ruby><ruby>一<rt>yì</rt></ruby><ruby>天<rt>tiān</rt></ruby>。

成长对话

　　每一个孩子都有自己的世界，如果每一个人都能和别人分享自己美好的东西，世界一定会变得更加美好，我们的生活也能变得更加丰富多彩。你认为呢？

熊国漫游记

yǒu yì tiān xiǎo yā bào zhe zì jǐ xīn ài de máo mao xióng zài
有一天，小丫抱着自己心爱的毛毛熊在
shù lín li wánr wánr zhe wánr zhe xiǎo yā fā xiàn zì
树林里玩儿，玩儿着玩儿着，小丫发现自
jǐ zhǎo bu dào lái shí de lù le xiǎo yā hài pà de kū le
己找不到来时的路了。小丫害怕得哭了
qǐ lái
起来。

zài jǐ bù yuǎn de dì fang xiǎo yā kàn dào
在几步远的地方，小丫看到
yǒu yí zuò fáng zi tā gǔ qǐ yǒng qì qù qiāo
有一座房子，她鼓起勇气去敲
le qiāo mén zhè shí cóng mén li zǒu chu lai yí
了敲门，这时从门里走出来一
gè quán shēn zhǎng mǎn le máo de dà xióng xiǎo
个全身长满了毛的大熊，小
yā xià le yí tiào tā zhèng yào
丫吓了一跳。她正要
wǎng huí pǎo xióng shēn chū tā
往回跑，熊伸出它
hòu hòu de shǒu zhǎng qīng qīng
厚厚的手掌轻轻
de lā zhù xiǎo yā shuō bú
地拉住小丫说：“不
yào pà dǒng lǐ mào de
要怕，懂礼貌的

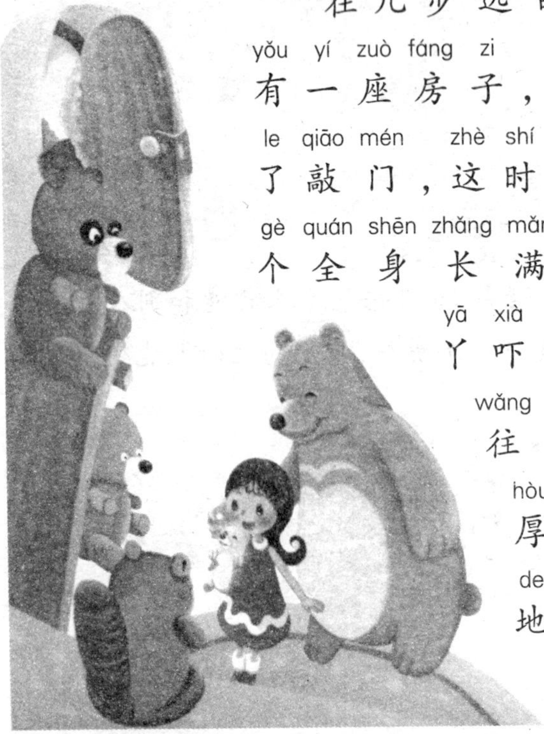

xiǎo gū niang nǐ bú
小姑娘，你不

shì xǐ huan xióng ma
是喜欢熊吗？

jìn lái kàn kan ba zhè
进来看看吧，这

lǐ yǒu nǐ xiǎng yào de
里有你想要的

dōng xi
东西。"

xiǎo yā gǔ qǐ yǒng
小丫鼓起勇

qì zǒu le jìn qù fā xiàn zài
气走了进去，发现在

wū zi lǐ miàn bǎi mǎn le dà dà xiǎo xiǎo
屋子里面摆满了大大小小

de xióng wán jù yǒu huàn xióng xiǎo xióng māo hái yǒu dà dà de
的熊玩具，有浣熊、小熊猫，还有大大的

hēi xióng ne yuán lái zì jǐ lái dào le yí gè xióng de shì jiè a
黑熊呢，原来自己来到了一个熊的世界啊。

jiù zài xiǎo yā zuǒ kàn yòu kàn ài bú shì shǒu de shí hou nà ge gěi
就在小丫左看右看爱不释手的时候，那个给

tā kāi mén de dà xióng duān lái le yì bēi qīng liáng de chá xiǎo yā
她开门的大熊端来了一杯清凉的茶，小丫

hē le yì kǒu shuō zhēn tián ya tài yáng jiù yào luò shān
喝了一口说："真甜呀！"太阳就要落山

le xiǎo yā duì dà xióng shuō wǒ yào zǒu le dà xióng shuō
了，小丫对大熊说：“我要走了。”大熊说：
dǒng lǐ mào de xiǎo gū niang chū le mén yì zhí xiàng qián zǒu
“懂礼貌的小姑娘，出了门一直向前走，
nǐ jiù néng huí jiā le zài jiàn ba kě ài de xiǎo gū niang
你就能回家了。再见吧，可爱的小姑娘。
huān yíng nǐ zài lái
欢迎你再来！”

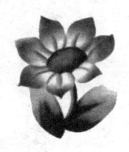

成长对话

小丫来到了玩具熊的王国，在那里她可以尽情地玩耍。孩子们，你们是不是想到熊国漫游呢？那就从现在开始做一个勇敢、善良并且热爱动物的孩子吧！

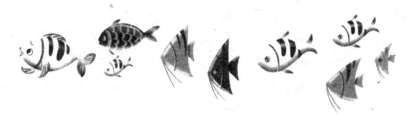

玛 雅

mǎ yǎ shēng huó zài yí gè qióng kǔ de cūn zi li
玛雅生活在一个穷苦的村子里。

yǒu yì nián cūn zi nào chóng zāi jiā li méi yǒu liáng shi
有一年，村子闹虫灾，家里没有粮食

chī yì tiān wǎn shang jì mǔ ràng fù qīn bǎ mǎ yǎ rēng dào shān
吃。一天晚上，继母让父亲把玛雅扔到山

shang fù qīn zài jì mǔ de bī pò xià tóng yì le kě shì zhè
上。父亲在继母的逼迫下同意了。可是这

xiē dōu bèi yīn jī è ér nán yǐ rù shuì de mǎ yǎ tīng jiàn le yú
些都被因饥饿而难以入睡的玛雅听见了，于

shì tā chèn fù mǔ shuì zháo shí zài chú fáng zhuā le yì xiē jiān guǒ
是她趁父母睡着时，在厨房抓了一些坚果

壳放在了口袋里。

第二天，父亲把玛雅送上了山，她沿路扔了很多坚果壳，到了山上，父亲说要去打猎，让她在原地等他，可是直到晚上父亲也没回来，玛雅明白父亲是下定决心抛弃她了，于是她就循着坚果壳的轨迹回了家，继母见她回来便非常生气。过了几天，继母又让父亲把玛雅扔到山上。这次玛雅在口袋里放了一些豌豆，她还想效仿上次，但这次她却没能回家，因为她扔的豌豆被森林里的麻雀吃了。

玛雅只好漫无目的地走着，就在她又饿又累的时候，眼前出现了一座宫殿。她走

了进去，里面一个人都没有，好像已经很久
没有人居住了。她认认真真地把宫殿打扫
了一番，就在这时，桌子上出现了一只麻
雀，玛雅捧起它吻了一下，麻雀立即变成
了一个英俊的王子，宫殿也焕然一新了。
原来，小麻雀是一个被施了魔法的王子，他
在等待一个聪明勤劳的姑娘来破除咒语，
从那以后，玛雅就和王子一起在宫殿里开
始了幸福的生活。

成长对话

　　故事中的玛雅聪明、善良，她凭借着这两点救了自己，也获得了
幸福的生活。所以我们在生活中也要做一个聪明机智又善良的人。
只有这样你才能拥有幸福快乐的生活。

感动公婆的丽雅

丽雅是一个很聪明的女孩儿，但是她从小就失去了父母。虽然没有父母的照顾，但是丽雅依然生活得很快乐。

丽雅慢慢地长到了，她与同村一个英俊的小伙子相爱了。然而，小伙子的父母却嫌弃她的身世，认为她是个不幸的人。而丽雅呢，她并没有因为小伙子的父母嫌弃她而有一丝一毫的抱怨，依然一如既往地照顾着小伙子的家人。最后，小伙子不顾父母的反对，坚持娶了丽雅。

结婚之后，他们生活得很幸福。每天，

丽雅都很早就起床做家务，小伙子则去田里干活儿。丽雅把饭菜做好后，才会叫醒小伙子的父母，可是小伙子的父母还是非常嫌弃她，有时还会打骂她。每次，丽雅都会默默地承受着这一切，并不会因此而对小伙子的父母有一点儿怠慢。

zuì zhōng　xiǎo huǒ zi de fù mǔ kàn dào tā zhè me wēn shùn
最终，小伙子的父母看到她这么温顺、

shàn liáng　yě jiù màn màn de cóng xīn dǐ jiē shòu le tā　quán
善良，也就慢慢地从心底接受了她。全

jiā rén yì qǐ guò shàng le xìng fú de shēng huó
家人一起过上了幸福的生活。

成长对话

　　身世可怜的丽雅凭借自己温顺、善良的性格，得到了公婆的认可。丽雅用博大的胸怀包容了公婆对她的偏见，用一颗真诚的心感动了公婆。孩子们，你明白该如何孝顺父母了吗？

一句话

　　从前，有个乞丐到一个富婆家里去投宿，富婆不让他进去。乞丐又往前走，走到一个很破的房子门口，他敲了敲门，女主人打开了门，热情地对他说："进来吧。"

　　乞丐进去一看，屋里有很多孩子在玩耍。要吃晚饭了，女主人招呼乞丐过去吃饭，乞丐看了看饭菜，只有几块儿红薯，勉强够孩子们吃的，他就说："女主人啊，我不饿。"第二天，他起来以后，对女主人说："谢谢你的款待，临别时我送你一句话：'你早上做什么，就会一直做到晚上。'"

nǚ zhǔ rén xiào le shuō jiù shì méi yǒu nǐ zhè jù huà
女主人笑了，说：“就是没有你这句话，
wǒ yě shì tiān liàng jiù qǐ chuáng yì zhí máng dào wǎn shang qǐ
我也是天亮就起床，一直忙到晚上。”乞
gài zǒu le nǚ zhǔ rén kàn le kàn hái zi men de pò yī fu tū
丐走了，女主人看了看孩子们的破衣服，突
rán xiǎng dào jiā li hái shèng xià yì diǎnr má bù děi liáng yi
然想到，家里还剩下一点儿麻布，得量一
liáng yě xǔ hái néng gěi yí gè hái zi zuò jiàn chèn shān
量，也许还能给一个孩子做件衬衫。

tā mǎ shàng ná chū chǐ zi kāi shǐ liáng bù méi xiǎng dào gāng
她马上拿出尺子开始量布，没想到刚
liáng wán zhè tóur bù de nà tóur yòu zhǎng chū le yì chǐ
量完这头儿，布的那头儿又长出了一尺，
tā yòu bǎ chǐ ná qi lai yòu zhǎng le yì chǐ nǚ zhǔ rén yì zhí
她又把尺拿起来，又长了一尺。女主人一直
liáng a liáng yì zhí liáng dào wǎn shang bù duī le mǎn mǎn yì zhuō
量啊量，一直量到晚上，布堆了满满一桌
zi
子……

zhè shí hou nà ge fù pó lái dào
这时候，那个富婆来到
nǚ zhǔ rén de jiā kàn dào zhè ge qí
女主人的家，看到这个奇
guài de jǐng xiàng máng wèn shì zěn me huí
怪的景象，忙问是怎么回
shì nǚ zhǔ rén jiù bǎ qǐ gài lái tóu
事？女主人就把乞丐来投
sù de shì qing gào su le tā
宿的事情告诉了她。

fù pó yì tīng jiù zhī dào
富婆一听就知道

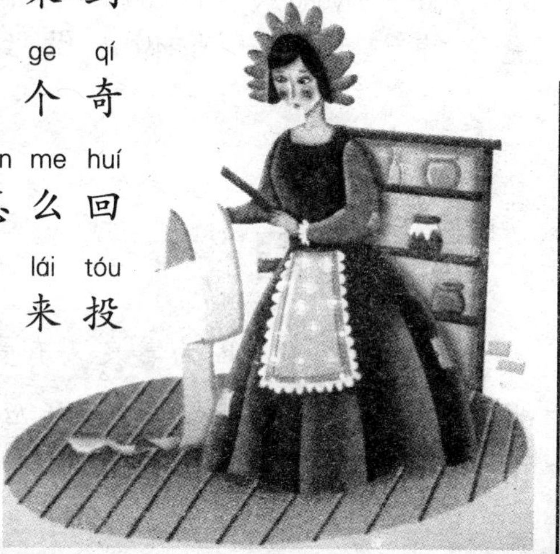

自己错过了好运气，赶紧把乞丐追了回来。

热情地招待了乞丐几天后，富婆便有些不耐烦了，开始不好好儿款待乞丐了。又过了一天，乞丐要走了，富婆把他送到大门口，乞丐对她说："你早上做什么，就会一直做到晚上。"

富婆急忙跑回屋里，拿出了一匹最好的布，不过她突然想到，已经好几天没浇花了，要是今天不浇，花就要被晒死了，她想先把花浇了再回来量布。可是水一浇到土里，立刻就没有了，她只得重新舀水，再回来重新浇，就这样一直做，做到太阳落山……

成长对话

贫穷的女主人因为善良又有爱心，所以好运总是伴随着她。而那个假装有善心的富人也受到了应有的惩罚。我们一定要在别人有困难的时候真诚地伸出援助之手啊！

最珍贵的两句话

在一个古老的国家，有一个聪明而美丽的公主，她不但为人善良真诚，而且精明能干。很快就是公主20岁的生日了，国王决定给公主选驸马。

公主知道这件事后，请求国王说："亲爱的爸爸，您能让我自己选择未

来的丈夫吗？您只要给我准备一把金剑，在选驸马那天我要把金剑亲手送给驸马。"国王很了解公主的个性，虽然有些不放心，但还是答应了公主的请求。

第二天，国王贴出了告示，一时间很多未婚男子来到宫中应征驸马。公主在众多人中选择了一个名叫尼克的穷小子。国王很吃惊地说："女儿，你应该选择一位王子啊！"公主说："爸爸，您放心吧，他一定会给我幸福的！"国王看公主这样固执，就生气地赶走了公主和尼克。

离开王宫后，公主和尼克在森林中举行了简单的婚礼。婚后，他们过上了清贫但快乐的生活。后来，公主怀孕了，为了让公主和他们的孩子过上幸福的生活，尼克决定外出去赚钱。

路上经过一口枯井，尼克见到一位老人坐在井边叹气。忙上前问道："老人家，您为什么叹气啊？"原来，老人家附近的井都枯死了，没有水喝，全家人就要渴死了。老人还说："这是一口魔井，进去打水的人没有一个活着出来的。"这时，善良的尼克决定下去试试。老人十分感动，并送给尼克两句话，第一句是："你心中最爱的，

jiù shì zuì měi de dì èr jù shì nài xīn děng dài jiù yǒu xī
就是最美的！”第二句是：“耐心等待就有希
wàng ní kè xiè guò lǎo rén hòu jiù ná zhe zhuāng shuǐ de pí
望！”尼克谢过老人后，就拿着装水的皮
náng pá xià le kū jǐng dào le jǐng dǐ tā kàn jiàn le yí gè jù
囊爬下了枯井。到了井底，他看见了一个巨
rén ní kè shí fēn hài pà zhè shí jù rén wèn nǐ dào zhè
人，尼克十分害怕。这时，巨人问：“你到这
lǐ gàn shén me ní kè jiù bǎ tì lǎo rén zhǎo shuǐ de jīng guò shuō
里干什么？”尼克就把替老人找水的经过说
le yí biàn jù rén dài ní kè cóng jǐng xià lái dào le yí piàn shù
了一遍。巨人带尼克从井下来到了一片树
lín zhōng tā zhǐ zhe liǎng zhī yì mó yí yàng de shān yáng shuō
林中，他指着两只一模一样的山羊说：
nǐ jué de zhè liǎng zhī shān yáng nǎ zhī zuì piào liang nǐ yào
“你觉得这两只山羊，哪只最漂亮？你要
shi huí dá cuò le jiù děi fù chū sǐ de dài jià ní kè xiǎng
是回答错了，就得付出死的代价！”尼克想
qǐ le lǎo rén sòng gěi tā de dì yī jù huà
起了老人送给他的第一句话，
jiù shuō nǐ xīn zhōng zuì ài de jiù shì
就说：“你心中最爱的，就是
zuì měi de jù rén tīng le gāo xìng
最美的！”巨人听了，高兴
de shuō nǐ huí dá de tài hǎo le
地说：“你回答得太好了，
zhè yàng wǒ jiù kě yǐ zǒu le dào
这样我就可以走了。到
shí hou zhè lǐ jiù huì yǒu shuǐ le shuō
时候，这里就会有水了！”说
wán jù rén jiù dài zhe ní kè lái dào le
完，巨人就带着尼克来到了

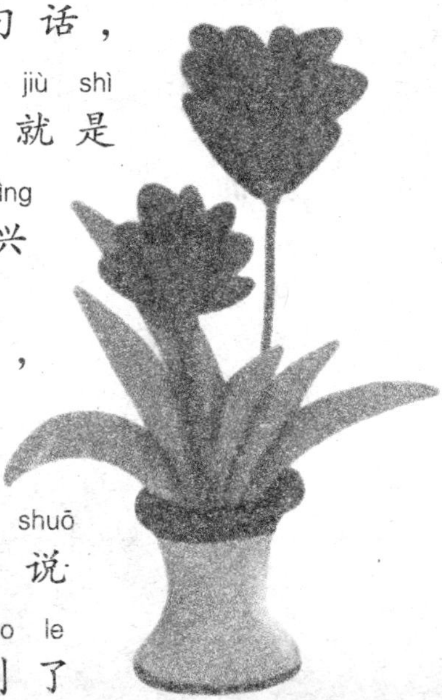

kū jǐng zhī shàng
枯井之上。

lǎo rén jiàn dào ní kè
老人见到尼克

hòu hěn gǎn jī tā yīn
后，很感激他。因

wèi zhěng gè chéng shì de rén
为，整个城市的人

men yòu kě yǐ guò shàng xìng fú
们又可以过上幸福

de shēng huó le nà lǐ de rén men gěi le ní kè hěn duō jīn bì
的生活了，那里的人们给了尼克很多金币

zuò wéi huí bào ní kè bǎ dà bù fen jīn bì pài rén gěi gōng zhǔ
作为回报。尼克把大部分金币派人给公主

sòng qù le zì jǐ zhǐ liú le yì shǎo bù fen kāi shǐ zuò shēng
送去了，自己只留了一少部分开始做生

yì tā bìng bù zhī dào zì jǐ de ér zi yǐ jīng chū shēng le
意。他并不知道，自己的儿子已经出生了。

hěn duō nián hòu dāng ní kè zhuàn le qián huí dào jiā xiāng
很多年后，当尼克赚了钱回到家乡

shí tā kàn dào yí zuò jīn bì huī huáng de gōng diàn què zhǎo bu
时，他看到一座金碧辉煌的宫殿，却找不

dào zì jǐ de jiā le tā gāng yào zǒu xiàng gōng diàn jiù fā xiàn
到自己的家了。他刚要走向宫殿，就发现

zì jǐ de qī zi cóng gōng diàn zhōng zǒu chu lai tā de shēn biān hái
自己的妻子从宫殿中走出来，她的身边还

yǒu yí wèi yīng jùn de wáng zǐ ní kè yǐ wéi shì gōng zhǔ biàn xīn
有一位英俊的王子。尼克以为是公主变心

le zhǎo le bié ren tā qì fèn de zhàn zài dà shù hòu zhǔn bèi
了，找了别人。他气愤地站在大树后，准备

yí jiàn shè sǐ nà ge nán zǐ zhè shí tā xiǎng qǐ le lǎo rén
一箭射死那个男子。这时，他想起了老人

sòng gěi tā de dì èr jù huà　　nài xīn děng dài jiù yǒu xī wàng
送给他的第二句话"耐心等待就有希望！"

hū rán　　tā tīng jiàn nà ge yīng jùn de wáng zǐ shuō　　mā ma
忽然，他听见那个英俊的王子说："妈妈，

bà ba shén me shí hou huí lái a　　gōng zhǔ xiào zhe shuō　　nài
爸爸什么时候回来啊？"公主笑着说："耐

xīn děng deng ba　　nǐ bà ba hěn kuài jiù huì huí lái de　　ní kè
心等等吧！你爸爸很快就会回来的。"尼克

zhè cái míng bai　　yīng jùn de wáng zǐ zhèng shì zì jǐ de ér zi
这才明白，英俊的王子正是自己的儿子。

tā gāo xìng de pǎo guo qu　　bào zhù le zì jǐ de qī zi hé ér
他高兴地跑过去，抱住了自己的妻子和儿

zi　　yì jiā rén zhōng yú tuán jù le
子。一家人终于团聚了。

成长对话

　　人的一生可能会有很多值得珍惜的东西，真诚的话语会在我们的心中留下永恒的记忆。男主人公用井边老人送他的两句话，改变了自己的一生。你能体会到这两句话的深刻含义吗？

挪威的棕色熊

爱尔兰国王有三个美丽的公主，其中最小的公主是最漂亮的。一天老国王问小公主："以后想嫁给什么样的人？"小公主想了一会说："我希望能嫁给挪威的棕色熊！"国王听了觉得很奇怪，小公主解释说："在我很小的时候就听保姆说过，挪威有一个王子刚出生时，就中了魔法，变成了一只棕色的熊。我要帮助他恢复人

xíng　　zài mèng li　　wǒ hái jīng cháng mèng dào tā ne
形。在梦里，我还经常梦到他呢。"

　dāng tiān wǎn shang　　xiǎo gōng zhǔ yòu mèng jiàn le　nà zhī zōng sè
当天晚上，小公主又梦见了那只棕色

de xióng　　ér qiě zhè zhī xióng yǐ jīng biàn chéng yí wèi yīng jùn de
的熊，而且这只熊已经变成一位英俊的

wáng zǐ le　　xiǎo gōng zhǔ gāo xìng de xiào chū le shēng yīn　　tā xǐng
王子了，小公主高兴地笑出了声音，她醒

le　fā xiàn zì jǐ yǐ jīng bú zài wáng gōng li le　　ér shì lái dào
了，发现自己已经不在王宫里了，而是来到

le zōng sè xióng wáng zǐ suǒ zài de fù lì táng huáng de gōng diàn
了棕色熊王子所在的富丽堂皇的宫殿。

xiǎo gōng zhǔ gāo xìng jí
小公主高兴极

le   jiù zài tā chén jìn zài
了，就在她沉浸在

huān lè zhōng shí   mèng zhōng de nà ge
欢乐中时，梦中的那个

yīng jùn de wáng zǐ wò zhù le tā de shǒu shuō   qīn ài de gōng
英俊的王子握住了她的手说："亲爱的公

zhǔ   wǒ jiù shì nà ge zōng sè xióng wáng zǐ   nǐ duì wǒ de ài
主，我就是那个棕色熊王子。你对我的爱

shì nà me de zhēn chéng   xī wàng nǐ néng zuò wǒ de qī zi
是那么地真诚，希望你能做我的妻子。"

xiǎo gōng zhǔ kàn zhe zhēn chéng de wáng zǐ biàn dā ying le   tā men
小公主看着真诚的王子便答应了。他们

mǎ shàng jǔ xíng le lóng zhòng de hūn lǐ
马上举行了隆重的婚礼。

jié hūn hòu   wáng zǐ jiù bǎ zì jǐ de yí qiè gào su le xiǎo
结婚后，王子就把自己的一切告诉了小

公主："一个可恶的女巫让我长大后娶她的女儿，我的父母不答应。她便把我变成了棕熊，只有晚上，我才能恢复人形。

如果有一位善良的公主嫁给我并经受住五年的考验，魔法就能解除。如果经受不住考验，我就得娶巫婆的女儿。"小公主听完后说："只要能和你在一起，我愿意经受五年的考验。"从此，小公主和王子开始了新的生活。一年过去了，小公主生下了一个小男孩，他们开心极了，可是，有一天晚上，一只老鹰飞到摇篮边把孩子叼走了，公主伤心了整整一年。

第二年，小公主又生下了一个女儿，他们精心呵护着女儿，但不幸还是发生了，一条大狗不知从哪儿窜出来叼走了孩子。公主伤心欲绝，过了很久才平静下来。后来，他们的第三个孩子也被突然出现的一个女人抢走了。

痛苦的公主对王子说："让我回到父亲那儿一段时间吧，或许那样我才能好一些。"王子说："这样也好，等你想回来了，就躺在床上想着我就行了。"

小公主回到父亲的王宫中，诉说了这三年发生的一切。老国王和

两个姐姐都在替她想办法，可是，他们也无能为力。一天，一个自称仙女的人对公主说："只要把王子的熊皮烧掉，王子的魔法就会解除。你们的孩子就会回来的。"小公主当晚就回到了丈夫身边，趁王子熟睡之际把熊皮烧掉了。王子从梦中惊醒，他悲伤地对公主说："那个仙女是巫婆变的，你受了她的蒙骗，现在我必须娶巫婆的女儿了。"说完他就往外走，小公主紧跟着他。天黑了，他们到了一个小房间，在这里见到了他们的第一个孩子，一个慈祥的老仙女正在照看他。天快亮的时候，王

子正在睡梦中，小公主就醒了，老仙女交给小公主一把剪刀，并告诉她："用这把剪刀剪什么都会变成丝绸，拿着它，

它会帮助你的。"第二天傍晚，在一户人家那里见到了他们的第二个孩子。天亮前，照看二女儿的仙女给了她一把梳子，并说："用这把梳子梳头，头发里就会掉出珍珠和钻石。"第三天晚上他们在一个庭院里见到了他们的小儿子，照顾这个孩子的仙女给了小公主一个卷着金线的卷筒，这上面的金线永远都用不完。仙女让他们把结婚戒指交换并用金线穿上，戴在胸前。

这个仙女告诉公主："明天，王子就会忘记一切。只有在王子和巫婆的女儿成亲之前看到金线上的戒指，他才能恢复记忆，消除魔法。"

天亮后，他们来到了女巫的城堡，公主在那里做了佣人。王子去了女巫的女儿那里。小公主用那把剪刀和梳子与女巫的女儿换来了在王子房间里待两个晚上的机会。可是，这两天晚上，女巫的女儿在王子的饭菜中加了安眠药，王子吃后一直睡得很香，没有醒来。后来，王子听说城堡有个奇怪的女仆有很多新奇的东西，便跑来看。公主告诉他："想看新奇的东西，今晚就不要睡觉。"王子爽快地答应了，当天下午，巫婆的女儿对公主说："明天我就要结婚了，你还有什么好东西送给我做结婚礼物吗？"公主拿出了金线卷筒，巫婆的女儿一看就想和公主交换，于是，公主又提出了和王子在房间里呆一个晚上的要求，女巫的女儿答应了。

但是这一次，王子没有吃任何东西，躺到床上假装睡着了。等公主一到，王子就问她有什么新奇的东西，公主便拿出了结婚戒指。王子看到戒指想起了以前所有的事，拉着公主就往城堡外跑去。刚跑出城堡，就听见一声巨响，城堡变成了废墟。最终，王子和公主领着自己的三个孩子回到了王宫，一家人快乐地生活在一起。

成长对话

　　心存希望我们就会获得幸福，小公主和挪威王子经历了分离的痛苦，终于一家团聚了。所以，只要拥有坚定的信念，我们就会朝着正确的方向前进。

图书在版编目(CIP)数据

女孩故事全集 / 崔钟雷主编 . —长春：吉林美术出版社，
2009. 10(2012. 5 重印)
(中国儿童成长必读系列)
ISBN 978 – 7 – 5386 – 3497 – 6

Ⅰ . 女… Ⅱ . 崔… Ⅲ. 儿童文学 – 故事 – 作品集 – 世界 Ⅳ. I18

中国版本图书馆 CIP 数据核字(2009)第 174009 号

策　　划：钟　雷
责任编辑：栾　云

女孩故事全集

主　编：崔钟雷　副主编：王丽萍　张　帆

吉林美术出版社出版发行

长春市人民大街 4646 号

吉林美术出版社图书经理部(0431 – 86037896)

网址：www. jlmspress. com

北京海德伟业印务有限公司

开本 700×1000 毫米　1/16　印张 15　字数 180 千字

2011 年 1 月第 2 版　2012 年 5 月第 2 次印刷

ISBN 978 – 7 – 5386 – 3497 – 6

定价：29.80 元